姫様、無理です!
～愛しの旦那様とのなれそめで恋の嵐を巻き起こすだなんて～
3

姫様、無理です！3

～愛しの旦那様とのなれそめで恋の嵐を巻き起こすだなんて～

竹輪

Illustrator
三浦ひらく

この作品はフィクションです。
実際の人物・団体・事件などに一切関係ありません。

姫様、無理です！3

～愛しの旦那様とのなれそめで恋の嵐を巻き起こすだなんて～

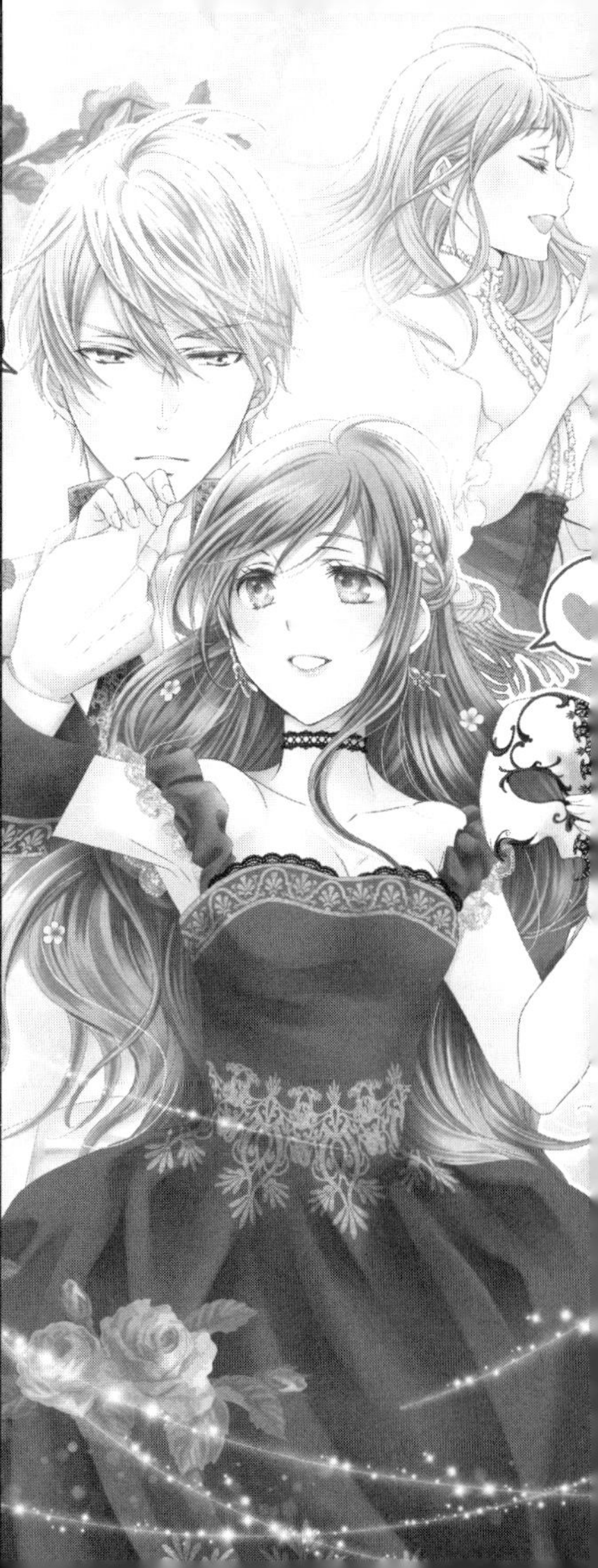

1　その夫婦の衝撃的な馴れ初めは城下で一躍話題となる

——公爵家嫡男と侍女の恋物語は街で評判のお話です。是非詳しくお話を伺って、物語を作らせていただきたいのです。調べてみたら貴方が今侍女として次期公爵様の奥様についているというではないですか。どうか、同じ学び舎に通った友として、私に奥様とお話しができるように取り計らってもらえないでしょうか。図々しいお願いだとは思いますが、悪いようにはしません。どうぞご検討ください。

コニー＝ヨサ＝クイーマ

「悪い話ではないと思うの」

出かける支度をする前に手紙を見せてきたオリビアが私に言いました。

「あの、この恋物語とは、もしかして……」

「落ち着いて聞いてね。フェリとラメル様の話が城下でとても噂になっているの」

「ちょ、ちょっと待ってください！　だ、だって、その」

　手紙を読んで私は血の気が引きました。まさか、やっとヒソヒソされることも少なくなってきたと安心していた私とラメル様の馴れ初めが、城下で噂されているなんてとんでもないことです。当時、姫様付きの侍女であった私は姫様の度の過ぎた悪戯でラメル様と資料室に閉じ込められ、姫様が惚れ薬と信じていた媚薬を焚かれてしまったのです。私とラメル様は我を忘れ、行為に及んでしまい、部屋から助けられた時にはもう手遅れの状態でした。最悪なことに目撃者もいて、私たちが結婚した後も未だ陰でひそひそと噂される話となっています。

「あのね、フェリ。社交界では貴方が悪者になって例の事件の話が広まっているけれど、使用人の間では全く反対の話になってるのよ。もちろん、『公爵家に嫁いだ元侍女』のサクセスストーリーよ。憧れになっているって言っても過言じゃないわ」

「私、自慢じゃないですけど、相当同僚からも虐められましたよ」

「当時はね……突然フェリが結婚した時は侍女たちのやっかみがすごかったでしょう。でも、皆、馬鹿じゃない。貴方がその後どんなに苦労したかも知っているし、努力したのかも知ってる。その結果、ものすごくラメル様に愛されている貴方は今や侍女たちの羨望の的よ」

「もう数年前の話なのに……今更どうしてですか。そっとしておいてくれればいいのに。とても喜べる話ではないです」

「まあ、それは……今ラメル様に超愛されて、とっても幸せそうだからっていうのもあるでしょうね。コニーは正義感が強くていい人よ。会ってみても損はないと思うの」

私を上から下まで見てオリビアが言います。確かに、相変わらず……いえ、ますますラメル様に溺愛されている自信はあります。

「どのみち、ラメルさ……ラメルに相談させてください」

言い直す私にオリビアが笑いをこらえた顔をしました。ラメル様に呼び捨てにするように言われてから練習していると、アメリ様やステア様にも『親しみを込めて呼び捨てにして欲しい』と言われてしまいました。どうにか慣れようと頑張っている最中なのです。コホン、と気を取り直して言葉を続けます。

「それと、この手紙の主とオリビアはどういった関係なのですか？　同じ学び舎とありますが、学校時代のお友達なのですか？」

「コニーは同窓生よ。彼女は平民で商家の娘。割と裕福だったと思う。とにかく文学が好きで、新聞社を経営する旦那様に嫁いでるわ。行動力があってパワフルで、とっても元気がいい人よ。クイーマと言えば名の知れた新聞社で、これから大奥様と行く観劇の本も多く出しているわ。物語にするのは人気作家のエルランドに頼むみたい」

「人気作家のエルランドが私の話を書くというのですか!?　そんな嘘みたいな話……」

「彼女は本気みたいよ？　だから、会わせて欲しいって」

お義母様に誘われてこれから劇を観に行く予定になっています。劇作家のエルランドのお話は、なかなかチケットが手に入らない大人気の演目です。

「オリビアの同窓生……だとすると、とっても優秀な人ですね」

オリビアの卒業した学校は王都で有名な秀才が行くという名門校です。アメリ様が通われた貴族中心のところではなく、平民がほとんどを占めます。学費が安いため私も興味はありましたが、運よく城の侍女の試験に受かったので、そちらはチャレンジしませんでした。

「コニーはしっかりとした人脈も持っているだろうし、人柄的にも絶対に悪いようにはしないと思う。それに、私はフェリが未だに貴族の間で悪者になって噂されているのが許せないの」

「それは……ソテラ家に迷惑がかからないならそれでいいのです。この件は少し考えさせてもらってもいいかしら」

「もちろん。手紙もラメル様に見てもらって構わないから渡しておくわ」

「ありがとう、オリビア」

悪い噂を聞きつけると、私よりも怒ってくれるオリビアの気持ちはとても嬉しいです。でもラメル様との馴れ初めで私側がひどい噂を立てられていたとしても、ラメル様が素敵すぎてやっかんでいると思えば受け流せます。私の夫が素晴らしい人なのは周知の事実です。とんでもない事件はできるだけ静かに終わらせて欲しいのです。この話は一旦おしまい、という態度を示すと察したオリビアはもうそれ以上は何も言いませんでした。

「今日のドレスはこの間仕立てたものを着ていかれますか？」

「ええ。お義母様が一緒に選んでくださったドレスですから」

「フローラ姫様にいただいた髪飾りが似合いそうですね。外は寒いのでコートを」

外出する支度をして部屋を出ると、エントランスでお義母様が待ってくださっていました。

「すみません！　お待たせしました」

「いいのよ、楽しみで私が早く来ていただけよ。さあ、行きましょう」

「はい」

こうやってお義母様はいつも私を誘ってくださいます。今日は残念ながら義妹のアメリ様は他の用事があって来られないそうです。学校を卒業したアメリ様は留学の話も出ているようでいろいろと忙しそうです。馬車に乗って、お義母様とたわいもない話をしていると劇場に到着しました。

観覧席は仕切りのある個室のスペースですが隣は見渡せます。エルランドの小説は数冊読みましたが、どれも時に切なく、時に笑える、胸躍る楽しいお話です。今回は『眠れない王子と子守歌の娘』というお話でした。今日の観劇が楽しみで昨日も遅くまで原作を読んでしまいました。

「ちょっとご挨拶してくるわね。始まるまでには戻ってくるわ」

お義母様はお知り合いを見つけたようで、席を立たれました。私は演目の書かれたパンフレットに目を落とします。すると隣のブースから人の気配を感じました。粘りつくような視線に、私はトラブルが起きないように椅子を引いて奥へ寄りました。

クスクスと笑う声が聞こえます。私はなんでもないふうにまたパンフレットを読むために下を向きました。

——お義父様が見たんだから。その辺の野良犬以下よ

——私なら生きていけないわ

——今だってのうのうと公爵家で暮らしてるのよ。子供だって本当に宰相補佐様の子なんだか

——あんな下賤な女のどこがいいのかしら……

そんな言葉が聞こえてくると胃袋をギュッと掴まれたような気分になります。私を罵るだけじゃなく、ローダがラメル様の子なのかと疑っているのでしょうか。いくら面白おかしく噂しているとしてもあんまりです。でも、ここで抗議したところで、まともに取り合うような人なら私に聞こえるようにこんな話はしません。問題を起こしてまた事件をぶり返して吹聴されるようなら相手の思うつぼです。私を守ってくださるソテラの皆様のためにも背筋を伸ばして、平気なふりをしないと……。

「フェリ、戻ったわよ。うふふ、とっても楽しいご婦人でね……あら？　どうしてそんなに奥にいるの？」

「少し、照明が明るくて……」

そう言って誤魔化したのですが、お義母様が戻ってきたのを察した二人が慌ててブースに引っ込んだのが見えました。さすがにソテラに喧嘩を売るつもりはないようです。

「……ポットスット伯爵が隣のブースだったのね。……失敗したわ。フェリ、すぐに席を替えてもら

うから待っててね」

「いえ、私は大丈夫ですから。それに移動すると開演に間に合わなくなります」

「大丈夫よ。席を替えるのはあちらだから」

「え？」

「聞こえているのでしょう？　今すぐ席を替えるか、後日チケットを取り直して差し上げますから、今日はお帰りください。次はないわよ」

お義母様がそう言うと隣からドタバタと音が聞こえました。するとすぐに後ろのドアの方から声が聞こえてきます。

「リリス様、そんなことをおっしゃらずに、今日こそはお話を聞いていただきたいのです」

「何が聞こえたかはわかりませんが、勘違いですから」

懇願するような二人の声が聞こえましたが、お義母様は取り合うつもりはないようで使用人に帰ってもらうように伝えていました。

「あ、ブザーが鳴ったわ。もう、始まるわよ！　さ、楽しみましょう」

お義母様に促されて椅子の位置を戻します。隣のブースはすっかり静かになりました。

劇は素晴らしいものでしたが、私は上演前の出来事で気もそぞろになって集中できませんでした。

帰りにドアを開けるとずっと待っていたのか、隣のブースにいた二人がお義母様にすがるように近寄ろうとしました。

「リリス様、どうか、宰相様に取り次いでもらえませんか？」

「その件はお断りしたはずです。あまりしつこくされるなら、こちらにも考えがありますよ」

ぴしゃりとお義母様が言うと、二人は黙って後ろに下がりましたが私を酷く睨んでいました。

「強引に席を空けさせてしまってよかったのですか？」

馬車に乗り込んでから、気になっていたことを聞きました。お義母様は私を見て一旦口を結んでから、仕方がないというように話してくれました。

「ごめんなさいね。席を外して貴方を独りにしなければよかったわ。嫌味でも言われたのではない？鬱陶しいったらないわ。あの二人はね、大臣の娘と長男の嫁よ。前にフェリに渡した危険人物リストに載せていたと思うわ。娘はラメルと結婚したくて前からうるさかったんだけど、長男はアントンの部下の一人だったのだけどね、使えないって、数年前に資料整理に回したらしいのよ。それを最近になって大臣が息子を元の仕事に戻してもらえないかってアントンにかけ合ってきたらしくてね。無理だと断られても諦めきれずに嫁まで使って今度は私をつけ回しているのよ」

「大臣……ポットスット伯爵でしたら、私たちの事件の目撃者ですね……」

「……そうなの」

お義母様が私に話したくないはずです。ああ、吐きそうです。

「フェリ……顔色が悪いわ。嫌なことを思い出させてごめんなさい。馬車を止めましょう」

「いえ、大丈夫です。ソテラに、屋敷に早く戻りたいです。すみません……」

「謝ることはないわ。ちゃんと鉢合わせしないように確認できなかった私が悪いの」

「そんな、お義母様は悪くありません」

あの様子だと大臣本人はどうか知りませんが、娘さんたちが悪い噂を広めていることに間違いはないでしょう。

「あのね、大臣の息子がアントンの部下の一人として働いていたのも、頼み込まれて仕方なくだったの。それも十数年前のことよ。こんなことになって恩を仇で返されたようなものなんだから」

「先ほどの方々がお義父様の部下だった方の妻と妹だとしても、お仕事上のお付き合いですから、気にしないですよ」

「あんな性悪の嫁をもらっているならもっと早く見捨てていたのに。初めは真面目に働いていたらしいけど、あの嫁をもらってからは魂が抜けたみたいになってダメダメらしいわ。十数年も面倒を見てあげたのだから、もういい加減にして欲しいってアントンも呆れていたもの。ほんと、息子の嫁って大事よ。あーうちは飛び切りいい嫁が来て良かったわ。ラメルは仕事もこの上なく順調だもの。フェリのお陰よ」

「そう言っていただけると嬉しいです。でもラメルは私がいなくとも十分優秀な方ですから」

「ソテラの人間は伴侶を得てこそ真の力を発揮するのよ。ふふふ。アントンが宰相として立派なのは私を愛しているからよ。きっとそのうちフェリにもわかるわ」

「お義母様がお義父様を支えてきたように、私もラメルを支えられるよう頑張ります」

「……ええと、まあ、そっちはほどほどで大丈夫だから。いちいち相手をしていたらフェリの身が持たないし」

そこはお義母様になんだか歯切れの悪い感じの答えをもらいました。

けれど貴族間の私の噂などこんなものです。これが城下で侍女のサクセスストーリーとして語られているなんて想像できません。そういえば妹の方――ポットスット伯爵の娘からラメル様に手紙が届いていたのを思い出しました。『奥様と離縁して私を娶ってくだされば、必ず男の子を産んで差し上げます』。確かそう、書いてありました。

＊＊＊

「かあさま！」

「ローダ様！　ちゃんとお部屋にはノックしてお入りください！」

モヤモヤとした気持ちを抱えたまま、数日が経ちました。部屋に入ってきたのはローダです。後ろには慌てて追いかけてきた乳母のチェリカがいました。執務を終わらせてから行くと伝言していましたが、待ちきれなかったのでしょう。脇にお気に入りのぬいぐるみを抱えています。

「ローダ、チェリカの言うことをちゃんと聞かないといけませんよ？」

そう言いながらも、私に向かって手を広げるローダを膝に抱き上げることしかできません。はあ、可愛(かわい)すぎます。

「あら？　チェリカ。ローダの靴が左右違いますよ？」

「今日はどちらも履きたいとおっしゃって……」

「……動かなくなってしまったのね」

最近ローダはいろいろと自己主張をするようになりました。思い通りにならないとその場から動かないという小さな抵抗を始めるのです。今もきっとチェリカを困らせたのでしょう。水色とピンクの靴を左右に履いたローダが可愛くて仕方ありません。

「素敵な靴ね、ローダ」

「あのね、どっちもいいの」

「なるほど。でも、水色さんもピンクさんも、もう一つと離れ離れになって、寂しいと思っているかもしれませんよ？」

「え？」

「大好きな人がいなくなったら寂しいでしょう？」

「うーんと、らぶらぶ？」

ラブラブ？　どこでそんな言葉を覚えたのでしょうか。

「そ、そうね、ラブラブだったかもしれませんね」

「……」

ローダは自分の足を見て、左のピンクの靴を脱ぎました。ぽとりと私の足元に落ちた靴を見て、すかさずチェリカがもう片方の水色の靴をローダに差し出しました。そのまま履かせたいところでしょうが、そうしてしまうとまたイヤイヤが始まる場合もあるので、ここは慎重にしなければなりません。素知らぬ顔でそれとなく窺っているとローダが自分で靴を足にはめて、無事に水色の靴がそろいました。チェリカがピンクの靴をもう片方の入っている箱に戻します。

「これで、らぶらぶよ？」

つま先をそろえて満足そうに左右に振り、私を見上げて言うローダがやっぱり可愛いです。

「ラブラブね」

ギュウギュウ抱きしめるとローダも抱きしめ返してくれます。可愛い、可愛いローダ。半年ほどしたら三歳のお誕生日が来ます。三歳のお祝いは少し大きなパーティにしようかと皆で相談しているのです。王太子夫婦とレイナード様、ティアラ様はもちろん、気心の知れた人たちを呼んで……。そんな楽しい想像を広げようとして、ふと私を嘲笑する人の顔が浮かびました。

キリキリと胃が痛みます。

近しい友人だけの優しい世界。今はその狭い世界でいいのかもしれませんが、この先は？

きっとローダの世界にたくさんのお友達や知り合いが広がるでしょう。

この先、私にそっくりの容姿に生まれてしまったローダに、母親の悪い噂がついて回ったらどうしたらいいのでしょう。

——もう私が日をつぶるだけでいいことではないのかもしれません。そんな気持ちを抱えてオリビアの話をラメル様に伝えることを決心しました。

「……」

寝室に入ってきたラメル様が私を見て一旦足を止めました。今日の私はグリーンのガウンを羽織っていました。これはラメル様の瞳の色の可愛いガウンなのですが、夫婦の間ではちょっとした意味があります。

「フェリ、体調でも悪いのですか？」

「いいえ」

探るように聞いてくるラメル様。それもそうです。このガウンを羽織る時は、『夜の営みはご遠慮ください』という意味があるのです。大抵は私の月のものが来ている時にしか着ません。少し不安そうにする夫に、私はオリビアに借りた手紙を渡しました。

「今日はご相談があるのです」

「……オリビア宛てのようですが、私が読んでもいいのですか？」

「内容は私たちにかかわることなのです」

そう答えるとラメル様に促されて二人でベッドに腰かけました。読み終わったラメル様は丁寧に封筒に手紙を戻すと私にそれを返してくれました。

「どう思われますか？　まさか、城下で恋物語になっているなんて夢にも思っていませんでした」

考え込むラメル様に恐る恐る声をかけます。『くだらない話です。無視しましょう』と言われるのではないかと思いましたが、ラメル様の意見は違っていました。

「実は、城下で私たちの話が噂になって流行っているのは前から知っていたのです」

「え？」

「最初はどうやって噂を止めようかと考えましたが、詳しく調べると城下で流行っているのは公爵家に嫁いだ侍女のサクセスストーリーで、社交界で広がっているような、事実を捻じ曲げた悪意のある話ではありませんでした。それどころか噂の侍女は性格が良く、頭もいい出来た女性です。ありのままに、フェリが天使だと皆に伝わるだけなら構わないかと、放っておいたのです」

「あの、天使と言うのはラメルだけですからね？」

「私としてはもっとフローラ姫を悪魔のように伝えてもらっても構いませんでした。……しかしここまで城下で噂が広まるのなら、隠しておく方が憶測を呼んでしまうのかもしれませんね。私たちが愛し合って幸せであることを、皆にもっと広めた方が効果的なのかもしれません。社交界の火消しにどんなに回っても、ソテラを目の敵にする輩は私たちの話を酷く捻じ曲げてしまいますから」

「それは、私を羨む女性の嫉妬だけでなく、ソテラを敵に思う人にも私たちの事件は格好のネタであるということですか？」

「ソテラを敵に回そうと思う愚かな人間がいるとは思えませんが、よく思わない人間は腐るほどいますからね。そのせいでフェリに辛い思いをさせているのは心苦しいです」

「……ずっと、あの事件のことはこのまま噂が消えていけばいいと思っていました。けれど、今日ローダを膝に乗せた時に思ったのです。この子がこの先大きくなった時、私のせいで嫌な思いをしないかと……」

「貴方は何も悪くありません。これからも貴方とローダに嫌な思いなど私がさせません。ですが……そうですね、知っていますか？　フェリの下着を頼んでいるロックウェルは、元々は城下の裏通りの小さな店のデザイナーだったのですよ。城下でその力を認められ、今や貴族の間でも引っ張りだこです。そう考えてみれば一握りの貴族の意見より、大衆の目の方が大きな力を持っていると思いませんか？　特に、噂なんて人伝えなのですから」

「それは、この手紙のお話を受けるということですか？」

「結論を急ぐ必要はありません。ですが、一度会って話を聞いても良いでしょう。クイーマ氏にも少し興味があります。後でオリビアに日時を伝えますね」

なんだかちょっと悪い顔が見えたような気もしますが、ラメル様に任せるなら間違いはないでしょう。私も母親としてローダにできることは精一杯してあげたいです。

「この手紙はオリビアに返しておきます」

オリビアから預かった手紙をサイドテーブルの引き出しにしまうと、私の行動を見ていたラメル様が後ろから手を伸ばしてきました。

「では、この話は終わりです。これはもう必要ないですね」

グリーンのガウンをツンツンと引っ張るのが可愛いとか、やめて欲しいです。

「私にこれを脱いで欲しいのですか？」

少し抵抗して言ってみるとラメル様の手が止まりました。

「では、貴方が脱ぎたいと思うまで我慢します」

おや？　今日はこのまま眠れそうです。そんな日があってもいいですよね。そのまま抱き込まれてベッドの中に入ります。なんだか、連日するのが当たり前みたいになっていましたが、時に休憩も必要です。ラメル様の腕に包まれて、だんだんと体が温かくなりました。

「おやすみなさい、ラメル」

ホクホクと後ろに告げると体を預けました。こうやってくっついて眠るのは幸せです。

しかし、しばらくしてラメル様の手が私の胸をやわやわと掴みました。

……ここで反応すれば思うつぼです。と思うのに、ラメル様の指は私の胸の突起を探し当てるとぷくりと立ち上がったその周りを円を描くように刺激し始めました。これは、ちょっと……。もぞもぞしてしまいそうな体をじっとして耐えます。きっと諦めてくれるはず……。

「はうっ」

急に両方の乳首を摘まれて思わず声を出してしまいました。まずいです……。そのまま不埒な手は私の下穿（したば）きに侵入し、トントン、と敏感な粒を軽く叩（たた）きます。

……我慢です。まだ、我慢……。

「んっ」

すると今度は首筋をぬるりと舐め上げられました。

「まだ、脱ぎたくありませんか？」

囁きながら唇で私の耳を食んできます。そのくすぐったいような、じれったい刺激に体がぶるりと震えてしまいます。それでもなんとか寝たふりを貫こうと頑張っていると、トントンと刺激を続けていた指が今度はヒダの間を行き来しました。そこは日頃からラメル様に慣らされてすぐにグズグズにとろけてしまいます。

「ん……くぅ」

すぐに濡れ始めた割れ目をラメル様の指がゆっくりと前後に滑ります。時折親指が敏感な粒をトントンと刺激するので、だんだんと体まで熱くなってきました。

「まだ？」

耳を舐められて催促されます。こうなってくると素直にガウンを脱ぐのが悔しい気もしてきました。いつもこうやって強引に服を取り去ってしまうのですから、今日は負けません。ぎゅっと目をつぶっていると、

「どうしてこう、可愛いことをするのだろう……」

と私の想像とは違う声が聞こえました。それでも私はそれを無視して眠っているふりを続けます。

するとラメル様は私の体を丁寧に仰向けに寝かしました。どうするんだろう、と疑問に思いながらも、動かないでいるとラメル様は私の下穿きを足首まで下ろしました。

ん？　そ、それは……

足を左右に割り開かれて、これはまずい、と思った時にはもう私の足の間にラメル様が陣取っていました。さわさわと茂みを探りながら、ぬるりとしたものが私の秘所を這います。

「……っつ！」

でも、ここで動いては！　と意地になってじっとしていると、大胆になってきたラメル様がその指で剥き出しにした敏感な粒を舌でつついてきます。

「んんっ」

もう、完全にラメル様のペースです。今更動くわけにもいかず、与えられた刺激を受け流そうと必死です。普段はこんなにも口でしつこくされないので、もう本当にどうしていいのか……。恥ずかしい……。ラメル様のあの美しい顔が、いやらしくそんなところを舐めているなんて想像しただけでもダメです。

「ラ、ラメル！　も、もう、降参です！」

体をよじろうとすると、ラメル様がさらに深く舌を入れてきます。本当に降参です。なのにそのままツプリと指を差し入れられました。

「あ、やっ……」

私の体を知り尽くした指が愛液を掻き出すように動きます。その間も剝き出しになった粒を吸われて、頭がおかしくなりそうです。

「まって……ラメルッ……イってしまいますっ」

「一度、達しておきましょうね」

「あああっ！」

激しく私の弱いところを攻め続けたラメル様の指で簡単に絶頂へ導かれてしまいました。くったりと力の入らない私を見下ろしてラメル様がまたグリーンのガウンをちょんちょんと引っ張りました。

「脱がせてください……」

期待した目で見てくるラメル様に観念してそう言いました。眠ったふりをしてやり過ごそうなんて考えた私が馬鹿だったのです。両腕を上げると意図することがわかったのかラメル様が私の上半身を持ち上げてガウンをベッドの下に落としました。

横目でそのグリーンのガウンが落ちていくのを見ながら、あれ、このガウンを着る意味は果たしてあったのかと疑問に思ったりするのでした。


「オリビア、お手紙、ありがとうございました。ラメルがクイーマ氏とお会いして話がしたいそうです。日時はまた連絡すると言っていました……」

次の朝、手紙を返しながら報告すると、私の疲れ切った表情を見て、オリビアが短く「ご、ご苦労様でした」とねぎらいの言葉をくれました。

＊＊＊

数日後、日時を調整したラメル様がオリビアに伝え、クイーマ夫婦と会う運びになりました。場所は王都一のレストラン『ミランカルシェ』。今、予約が取れないと話題のお店です。ソテラとして会うのは何かと騒がれるので一夫婦としてお会いすることになりました。家紋の入っていない馬車を用意して、いつかの事件を思い出さずにはいられませんが、御者にダールさんが扮装してついてきてくれました。もちろんオリビアも一緒です。

「いつものドレスと違って可愛いですね。そのコートも似合っています」

馬車の座席に着くとラメル様がそんなふうに言います。どうやら下着をデザインしてくださっているお店で城下に降りるための衣装も用意していたようで、紺色の胸のところにギャザーが寄った、ハイウエストのドレスをラメル様に贈られました。チェックのコートもとても可愛いのです。デザインしてくれたのは今大人気の下着のデザイナーなのですが、なぜかラメル様は特別なのか、いつも下着以外の（特殊なものが主ですが……）服も用意してくださるのです。ちなみに男のデザイナーさんのようで私はお会いしたことはありません。サイズは私がいつも注文している仕立て屋のものを流用しているようです（もちろんラメル様が横流しの犯人です）。

「ラメルも素敵ですよ」

それに対になるラメル様はシンプルなスーツに外套をスマートに着こなしています。キャメル色のマフラーもかっこよく、なんというか、商人風のイケメンです。金髪は目立つので茶色のカツラをかぶっています。何を着たってイケメンにしかならないでしょうが、いつもよりワイルドな感じがまたかっこいいのです。

「首元が寒そうですね」

「そうですか？」

そう言うとラメル様が自分のしていたマフラーを外して私にかけてくれました。

「でも、それではラメルが寒そうです」

かけてもらったマフラーを外して返そうとするとその手をきゅっと包まれてしまいました。ラメル様はこうやって私の心配ばかりです。

「ゴホン、外を歩き回るわけではありませんので、そんなに寒くはないかと。さあさ、続きは馬車の中でご存分に。私はもうお二人を見ているだけで熱うございますよ」

咳払いに我に返ると、私たちのやり取りを見ていたオリビアに馬車の中に押し込められてしまいました。そうして『どうぞお二人でおくつろぎください』なんて言ったオリビアは、ダールさんの隣にちゃっかり座っていました。最近あの二人は怪しいのです。

「今度、この姿でデートしましょうか」

「いいですね」

デートという言葉にめっぽう弱い私はすぐに喜んでしまいます。でも、こんな素敵な人と街でデートできたら楽しいに決まっています。伸びてくる手に自分の手を重ねました。

「フェリ……」

呼ばれて顔を上げると、もうそこにはラメル様の顔が……。嬉しいのでそのまま、チュッと軽く唇を合わせると、ぐっと座席に後頭部を押しつけられてキスが深くなります。当然のように侵入してきた熱い舌で口内を探られると体がフルリと震えてしまいます。それでも胸に伸びてきた手を押さえ込むのは忘れません。このままエスカレートしたら、馬車から降りられなくなります。

「ラメル……」

わかっているくせに、わざと続けるラメル様に言葉をかけます。

「続きは、後で……」

最近こうやって約束させるのが楽しいようで、私からキスをするとやっと体を離してもらえました。

「ええ。後で」

満足そうにそこで微笑(ほほえ)むラメル様に心臓が破れそうになります。不意打ちの微笑みは本当に反則です。

「旦那様、奥様、到着いたしました。と・う・ちゃ・く・しましたーっ」

何度も声をかけてくるオリビアに『毎回そんなに声をかけなくとも』と言えないのが現状です。

「わかりました」

「……大丈夫です」

ラメル様が返事した後も、私の声を聞いてから馬車のドアを開けてくれるダールさんが優しいです。

「では、行きましょう」

先に降りたラメル様が私に手を貸してくださいます。ああ、本当に私の旦那様って素敵です。

「さすが、人気店なだけありますね」

洒落(しゃれ)た門構えのレストランに入って、オリビアが名前を告げるとすぐに店の人が個室へと案内してくれました。


「よく来てくださいました。ダン＝レイ＝クイーマです。妻のコニーはオリビアさんのお友達だと聞いています」

「オリビア＝マイスンです。初めまして、コニーの旦那様」

「ああ！　オリビア！　懐かしいわ」

「コニー！　何よう！　大人になっちゃって！」

「何言ってるのよ、貴方もでしょう！」

オリビアが嬉しそうに旧友と再会しているのを見て、なんだかほっこりしてしまいます。クイーマ夫婦はそろいの茶色の髪にシックな色の装いをされていました。流行っているのかコニーさんは私と同じようなハイウエストの服を着ていました。くりくりした青い目の可愛い人です。ダンさんはラメル様にご興味があるようで前に出てこられました。

「で、そちらが……」

「はい。私の雇い主のソテラ様で……」

「ラメル＝ソテラです。こちらは妻のフェリです」

「……っ」

オリビアに代わってラメル様が自己紹介するとコニーさんはラメル様を見て息を呑(の)んでおられます。こんな美男子、なかなかお目にかかれませんからね。隣でしげしげと感心するようにダンさんがラメル様を眺めます。

「お噂は聞いていましたが、いや、これはまた……」

「見てくれだけは母譲りですから」

「いやいや、次期宰相にふさわしい優秀な方だとお聞きしています。ロネタの国外封鎖が早く終わった件に一役買ったとも」

「おや。さすがに情報通でいらっしゃる」

「私どもは情報が生業(なりわい)のようなものですから」

「今日は、妻の付き添いとして来ましたので。もしも他の話に興味があるようでしたら、そちらは期待されぬよう」

「あ……いえ、私も妻の付き添いです。少し、出すぎたことを申しました」

ラメル様が仕事の顔になるのをちょん、と肘を引いて止めます。オリビアのお友達の旦那様ですからね。怖がらせてはなりません。意図がわかったようでラメル様の手が優しく私の腰を撫でました。

いえ、もう、まあ、いいです。

少し恐縮気味になったダンさんとラメル様が握手するのを隣で見ていると視線を感じました。

「で、オリビア、この方が？」

「そうよ、私のご主人様で、親友のフェリ様よ！」

「お会いできて感激です！　どうぞ、コニーと呼んでください！」

「では、私のこともフェリと。オリビアのお友達と聞いてお会いするのを楽しみにしていました」

「ひとまず、席に着きましょう。ソテラ様のお口に合うかはわかりませんが、とびきりのお料理を用意していただいていますから！」

コニーが明るくそう言って、私たちは席に着きました。

「ミランカルシエでお食事をするのを楽しみにしていたんです。ね、オリビア」

少し前に噂になっていて興味があったのです。ちょうどオリビアと話していたところだったので、ワクワクしてここに来ました。普通に予約を入れると半年待ちだと聞きましたからね。私とオリビアが楽しそうにしていると今度は隣から視線を感じます。

「もちろん、素敵な旦那様と来られて嬉しいですよ」

そう付け足すと、ラメル様が膝に置いていた手を握ってきました。

「次は二人で予約を入れておきましょうね」

「……」

いちいち対抗しなくてもいいのに……そんなところも可愛いのですから仕方ありません。

「フェリ、肉を残してはいけませんよ」

「体力をつけるため、ですね。わかっております」

お店に来てまで食事のチェックをしなくていいのに、ラメル様は今日も私の健康管理に余念がありません。ラメル様の体力についていけないと告白してからというもの、私の食事を一品増やし、加えて休日には護身術まで教える始末。そこまでして体力をつけさせて何がしたいのやら……いや、イチャイチャしたいのでしょうけれど。

「オリビアには聞いていたけれど、本当にソテラ様は奥様しかご興味がないのね。さあさあ、私は飲めませんけど、なかなか評判のワインも用意したのですよ」

コニーに言われて恥ずかしくて下を向くばかりです。オリビアは何を伝えていたのでしょうか。

『楽しみにしてくださったのなら』とコニーも言ってくれて、しばらくは軽いお話と食事を楽しみました。ダンさんの話題はとても豊富で楽しく、場が盛り上がりました。そうしてデザートが来た頃にコニーから今日の目的とも言える話が出たのです。

「手紙でお願いしたのですが、ソテラ様のお話が城下で大変人気になっています。是非、お話を聞いて本にまとめたいと思っているのですが、どうでしょうか。いずれは演者を率いて舞台にしたいのです」

その言葉にラメル様が私をじっと見つめました。私が口を開くのを待ってくれているのです。私は勇気をもらって息を吸い込みました。あの事件は私のトラウマで、今も城を歩くのは緊張します。いつもどこかで誰かが私を嫌な目で見ている気がして、わけもなく怖いのです。しかし震えそうになる手は今温かく包まれていました。

「その件なのですが、その、私とラメルの馴れ初めは本当に普通のことではありませんし、とても……人様にお話しするようなものではないのです。どこまで真実が噂されているかはわかりませんが、姫様付きの侍女であった私が姫様の過ぎた悪戯で、その、ラメルと資料室に閉じ込められてしまったのです。姫様はただの惚れ薬だと思っていたようですが、強烈な媚薬を焚かれてしまい、私たちは我を忘れて……その……」

「あの、フェリ様。今そのお話はそこまでで！　こちらで簡単な経緯は把握しているつもりです。それに、そのままお話にしようとは思っていません。辛い経験を思い出させるつもりではないのです」

コニーが真っ直ぐな目で私を見ました。私もそれをじっと覚悟をもって見返しました。

「今回夫に相談して、ここに来たのは娘のためです。社交界での私の噂は聞くに堪えないものです。不名誉な言葉でヒソヒソとされて、それでもソテラ家の皆様に守ってもらってなんとか過ごしてまい

りました。私が我慢すれば、とずっと思っていましたが、娘が将来このことで不本意な言いがかりをつけられてしまったらと思うと、いてもたってもいられなくなったのです」

「……そう、ですか」

心臓がバクバクしていました。それでも最後まで頑張ります。

「いたずらに噂を拡張するのならば、ご足労をおかけして申し訳ないと思いますが、このお話はなかったことにしていただければと思います」

なんとか考えていたことを言い切るとラメル様がよく言ったというように私の手をギュッと握りました。この温かい手が私をいつも守ってくださいます。

「フェリ様、私にも子供がいます。今も、四人目がお腹に。だから、母親の気持ちも十分わかっているつもりです。お二人の馴れ初めの部分の話を面白おかしく誇張しようなんて思っておりません。むしろその後のたっぷり愛されているご様子を描いてみたいのです」

コニーの言葉に思わずお腹を見てしまいました。お酒を断っていたのは妊娠していたからだったのです。

「ソテラ様、私は新聞社を経営しておりますが、妻のファンでもあります。彼女の才能を愛しているのです。劇作家エルランドとしての彼女を支えたいと思っています」

「……え、エルランド?」

「人気劇作家のエルランドが『女性』であるのを知っているのはごくわずかな人間です。その正体は公表していません。ここで、その秘密を明かすのは貴方方に誠意を示したいからです。フェリ様はご自分の意見を立派に述べられた。そのことも含めて妻はお二人のお話をきっと素晴らしい物語にするに違いありません」

今話題の人気劇作家が女性で、しかも妊娠しているなんて驚きです。ダンさんはコニーを優しい目で見つめながら続けました。

「妊婦を働かせて、と思われるかもしれませんが、私は彼女の表現の自由を愛し、支えていこうと決めています。今まで三人出産していますが、いずれも仕事を続けながらです。彼女の物語はどんな話も最後には幸せな気持ちになれます。決してエルランドは悪意を持って物語を書く人間ではないのです」

確かに私が読んだ『エルランド』の作品は愛に溢れていました。この間の観劇はアクシデントがあって楽しむことはできませんでしたが……。

その時、握ってくる手がまたきゅっと締まりました。ラメル様を窺います。

「それでも、少しでもこちらが悪意を感じるような仕上がりになるなら、この話はなかったことにしていただきたい。私の希望は妻や娘が安心して暮らせることです。それに反するようなことがあれば容赦なく害のあるものを排除します。コニー……いえ、エルランドさん、それでもよろしいですか？」

「わ、私は自分の信じる愛と正義を貫きます。決して誰も傷つけない素晴らしい物語に仕上げてみせます」

「……よろしい。では、打ち合わせはフェリとしてください。落ち合う場所はこちらで用意いたしましょうか？」

「それは、こちらで用意します！　できれば今日のように来ていただけると助かります。妻の出産予定日は五カ月後なので……」

「まあ……大丈夫なのですか？」

「うふふ、四人目なので慣れています。適度な運動も元気な子を産むには大切ですから。でも、物語は早めに仕上げてしまいたいと思います。できれば、執筆と同時に劇の配役なども進めて、上演前に本を出版したいと思ってます」

なんともまあ、オリビアが言っていた通り、パワフルな方です。フローラ姫様とは違ったバイタリティを感じます。生き生きとした彼女に頼もしさを感じて、私はラメル様とオリビアを見ました。二人の優しい視線に励まされてコニーに頷(うなず)きました。こうして私とラメル様の話は正式に物語として綴(つづ)られることになったのです。

2　三人寄らば……楽しい時間と新しい物語の誕生

その後、打ち合わせのために週の何回かは城下でコニーと会うようになりました。オリビアと気楽な服に着替えて城下の人たちに紛れるのが楽しいのは秘密です。

コニーの旦那様のダンさんが用意してくれた場所は劇場の一室でした。彼は劇場の持ち主でもあったのです。部屋には応接セットと机がそろえられており、廊下に時々華やかな役者さんたちが通ってワクワクします。

「ここでは身分は関係なく打ち合わせをしませんか？」

部屋の中央に置かれた四角いテーブルを見ながら私は提案しました。コニーとオリビアが顔を見合わせています。

「いいわね、その方が仲良くできそうだわ」

すぐにオリビアが乗ってくれました。

「では、ダンさんには悪いですがテーブルは丸テーブルに変えましょう」

「手配させるわね」

テーブルが入れ替えられ、私の話を聞きながらコニーが筆をとるのに、改めてラメル様との事件を思い返します。私たちを部屋に閉じ込めて媚薬を焚くなど、フローラ姫様もとんでもないことをしてくれたものです。しかし細かく説明していると、それに誰よりも憤慨するのはオリビアでした。

「そこまでひどいことをされていたの!? 詳しく聞いたらとんでもないじゃない！ そりゃあね、皆の夢の玉の輿だよ？ ちょっと妬んだって仕方ないわよ。でも、だからって主人の世話の放棄をして、贈り物を盗んであまつさえ売るなんてとんでもない！」

「きっとフォード伯爵の後ろ盾があったので、主犯のナサリーも他の人も気が大きくなっていたのだと思います。それに、今思えば私も自分で身の回りのことをしてしまったのが悪かったんです。仕事放棄のまま放っておいたら、お義母様だってダールだってすぐに気づけたのに。それで余計に同僚の反感を買ったんだと思います」

「優秀な侍女だったのがアダとなったのね」

「もっと、ソテラの皆様に頼れば良かったんです」

「……頼るって今は思えるだろうけど、当時は大して面識もない雲の上の人たちだもの、無理だったでしょう……」

だんだんとオリビアの目に涙が溜まるのを見ると、私もなんだかこみ上げるものがあります。

「もう、オリビアが泣くことはないのよ。ほら、今はこんなにも幸せですもの」

「何もできなくて……」

「当たり前じゃないですか。それに、貴方(あなた)も大変な時だったのだからおあいこよ。私だって、オリビアに何もしてあげられなかったことを悔やんでいます。でも、こうして今一緒にいるのが何よりも嬉(うれ)しい」

「うわーん」

聞き取りながら筆を進めていたコニーもオリビアと私を見て困ったような顔をしていました。

「ごめんなさいね、コニー。結構暗い話なのです」

「いいえ。話を聞けば聞くほど、創作意欲が湧きます。それに、ソテラ様のあのフェリへの溺愛ぶりには大いに興味があります」

「溺愛は……コニーもじゃない。新聞王クイーマ氏と結婚していたなんて驚いたわ」

「新聞王ね、常々クリエイター兼ジャーナリストとして現役でいたいって言っているのよ。ダンは男でも、女でも、才能を愛する人なの。いつもはいかなる権力にも負けないって堂々としているんだけど、ソテラ様には完全に委縮していたわね」

「すみません。私のことを心配していたので、ラメルがちょっと威嚇したかもしれません」

「ダンが悪いのよ。美しいお顔に見とれたうえにソテラ様から情報を、なんて下心があったのを見透かされたのでしょう」

「コニー、あれでもフェリがいたから優しい方ですよ」

「え。嘘(うそ)……」

「普段の態度なんて、それはもう鉄仮面のブリザードですからね。仕事ができない奴は死ねよ的なビームが目から出てるのよ」

「まさか、そこまでは。オリビアは大袈裟なのです」

「フェリは知らないだけよ。おっそろしいんだから」

「あ、それはそうと、オリビアも大変だったたって何？」

「フェリが突然結婚することになって虐められていた時、私は離婚して家を追い出されていたのよ」

「え、ちょっとオリビアも結婚してたの？　……そっちの話も今度別に聞くわ」

「私の話はよくあるやつだからね。ちょっと、なんでもネタにしないでよ」

「えへへ。でも意外。王妃様付きの侍女まで上り詰めたはずよね？　今は公爵家って、一度はキャリアを蹴って結婚したの？」

「あの時は……ほだされて、若かったのよ……」

「学生時代、自分の力を試したいって言っていたあのオリビアがね。キャリアより恋愛を取るとは」

「その気がなくともオリビアはモテますからね。少し前までラメルの弟にも言い寄られていたのですよ」

「えっ！　そうなの!?　玉の輿じゃない」

「あれはダメ。元カレたちとパターンが同じだったもの。懇願されて付き合って、散々世話を焼いて、最後には母親みたいに思えてきたって言われて別れる未来が見えていたわ。フェリと姉妹になれるのだけは魅力的だったけど、同じ轍は踏まない。もうね、言い寄られてほだされて付き合うのはやめるの。自分が好きになった人を大事にしたいわ」

「ふふ。ステアをかわすのは一苦労していたものね。今は婚約して静かになってよかったじゃないですか。お相手は伯爵家のご令嬢でとても凛々しい女性騎士でしたよ？」

ロネタから戻るとステア様が婚約したと知らされてとても驚きました。それも歴代知的な女性を追いかけてきたステア様のお相手はなんと女性騎士だったのです。お義母様の話ではステア様は軍の演習から戻ると突然婚約すると言い出したらしいです。何があったのやら……。

「私も会ったわよ。ステア様にはああいう若くて素直そうな女の子がお似合いよ。でも、ロネタから帰ったら婚約してるんだもの、びっくりしたわ～」

「帰国して一番のビッグニュースだったわね。義妹のアメリ一押しの女性だったみたいですよ。多分……大喜びしていたから裏でアメリが糸を引いていたのかもしれませんね」

「女性騎士……というと貴族で未婚なら、ユカリナ＝ルゴーン様？　城下でも女性にとっても人気なのよ。騎士姿はほんとに素敵で『赤薔薇通信』という雑誌もファンクラブの間で出ているわ」

「まあ、興味があるわ。今度見せてくださいね」

城下でオリビアとコニーと三人で集まるのはとても楽しいです。そうして、打ち合わせのような、聞き取りのような、その実ただの女子トーク会のような集まりを経て、ようやく一冊の本が完成しました。

　コニー……いえ劇作家エルランドがまとめ上げたお話は、切なくも甘い恋物語で、私もラメル様も納得の出来となりました。

　物語の内容は国土とその妹姫の侍女という設定に変えられました。主人公たちの名も私の名を『アンリエッタ』、ラメル様の名を『ランドール』と変えて、あくまでも事実に基づいた架空のお話にしてあります。全くの事実よりも物語として受け入れやすくするのが目的です。ただ噂話をまとめただけでは様々な思惑で話が捻じ曲げられて伝わりますが、物語として完成したものなら変な伝わり方はしません。そうしてその物語が世間に受け入れられ、それが『公爵家嫡男と侍女の実話を基にしたものだ』と広まり、侍女が『悪女』である、なんていう噂が出ないようにイメージアップを図ろうというのがラメル様の戦略です。ただ、それにはやはり『物語』が素晴らしいものでないといけません。これればかりは『エルランド』の才能だよりでした。

　そうして、『恋の嵐』とタイトルをつけられた物語は本になって店頭に並び、人伝に広まり、瞬く間に大人気となったのです。


「やっぱりエルランドはすごいわね。店頭で品切れが続出しているっていうじゃない」

　オリビアが感心しているのに私も頷きます。

「元々の噂がすごく人気だったのよ。だから売れるのが速かっただけ。さあ、ここからが本番よ。私の劇作家としての手腕が問われるわ。ワクワクする！」

　飛ぶように売れる本もコニーは劇の宣伝としかとらえていないようで、それよりも舞台にすることの方が重要なようでした。

「コニーはパワフルだわ……」

　思わず言葉が零れるとオリビアがお茶を差し出してくれました。私もお礼にお菓子を差し出します。

「彼女は学生時代から劇作家を目指していましたからね。聞けばその頃からずっとダンさんが陰で支えていたそうよ。だから彼が認めた本が売れるのは彼女にとって当たり前で、販売の方はいつも任せきりらしいわ。信頼しているのよ」

「コニーは夫の先見性を、ダンさんは妻の才能を信じているのですね」

「どちらの夫婦も互いを信頼し合っていて、独り身には羨ましい限りですよ」

「どちらも？」

「フェリはラメル様を信じて自分たちの話を物語にした。ラメル様はフェリを信じて物語を作ることを託した。ね？」

「……そう、ですね」

「なんだかそういうのなら、いいなぁ」

　ニコニコと笑うオリビアに恥ずかしく思いながらも、彼女にもそんな幸せがくればいいのにと切に願ってしまいます。

「オリビアが結婚に興味があるなら、ダンに紹介してもらう？　爵位はない人になるかもしれないけど、そこらの貴族よりも皆お金を持っているわよ」

「お金はそこそこでいいわ。でも、私を尊重してくれる人がいい。あのね、二人にだから打ち明けるのだけど、多分、私は子供を望めないの。元ダンナの前に付き合っていた人とも結婚前提で一緒に暮らしていたからね……。だから、それでもいいって言ってくれる人がいい」

「……オリビア」

「はーっ、なんか、すっきりした！　ずっと言えなかったの。言ってしまったら自分に価値がなくなってしまうような気がして、一方的に離婚されたのも当然だったたって思えてしまって」

「そんなことないわ！　オリビアは悪くない」

「そうよ、子供を産むだけが女性の幸せじゃないわ！」

「あのね、好きな人がいるの。結構年上なんだけど、私を甘やかしてくれるの。そんな人、私の人生で初めてよ」

「ふふーん。最近オリビアが綺麗になったなーって思っていたのよ。その人と上手くいっているのね」

「恋人、とかそんな関係じゃないけどね。でも、今の曖昧な関係を楽しんでいるの。心に余裕をくれるって素敵でしょ？」

「なんか、おっとなーっ」

目を細めて幸せそうにしているオリビアを見て、ああ、そうだったのかと思ってしまいました。オリビアはバツイチですが面倒見が良くて、色っぽくて、とにかくよくモテます。それこそステア様やラメル様の部下などにアプローチされていたのを知っています。けれど、その先に結婚があるなら、彼らは当然跡取りを求めるでしょう。それはきっとオリビアにとっての最大のストレスだったのです。

オリビアが好きだという男性はソテラ家の筆頭執事ダールさんで間違いないでしょう。確か四十過ぎだったと思います。奥様とは死別でお子さん二人は寄宿学校に通っていると聞いています。数少ないラメル様が信頼のおける男性で、ナイスミドル。武道もたしなんでいて、大人の色気があります。結構人気があるようですが、浮いた噂はない真面目な人です。なかなかのオリビアの慧眼にニヤニヤしてしまいます。

「フェリ、ニヤニヤしないで」

「何？　フェリはオリビアのお相手を知ってるの？」

「推測でしかないので、コニーには教えられないですけどね」

「ずるーい！」

「さ、私の話なんていいのよ！　これからのスケジュールを教えて。出産までに済ませるなら頑張らないと、でしょ!?」

「おっと、そうだったわ。オリビアのコイバナはまた今度聞かせてね。キャストを考えているんだけどね～。期待の役者がいるのよ。一人は見ただけでもわかる役者五年目の美青年で、今大人気の役者よ。もう一人は新人で普段はただの可愛（かわい）らしい女の子って感じなんだけど、舞台に立つと、その場を制圧するようなオーラを出す子でね。できれば主役は彼らにやってもらいたいわ」

「へええ。コニーがそこまで言うなんて気になる」

「昼から観劇できるものがあるから、二人も観てくれる？」

コニーのお薦めの役者さんに俄然興味が湧きます。劇場内を移動すると舞台の袖にある簡単な椅子に三人で座りました。なんだか、関係者の特権みたいな気分になってワクワクしました。

「あ、『眠れない王子と子守歌の娘』ですね。ちょうどこの間、お義母様と観に来たのです」

あの時は気もそぞろでしっかりと観ることができませんでした。もう一度観られるなんて思っていなかったのですごく嬉しいです。

「そう、それなら今度は役者を見て欲しいわ。今二人とも主人公なの、私の一押しよ」

お話は悪い魔女に眠れない呪いをかけられた王子様が、子守歌を得意とする下町の少女を雇うことから始まります。彼女の歌があれば王子様が少しだけ眠れるようになり、やがて二人は愛し合うようになるのです。もちろんエルランドが作ったお話で、初めて子守歌を聞いて王子様が眠ってしまうシーンは何度も繰り返して観たいと思えるほど素敵でした。

少女は子守歌を歌います。初めは疑っていた王子様はなんとか眠らないようにしますが、彼女の優しい歌声についに眠りについてしまうのです。この王子様役の役者がまた艶っぽい人で、ツンとしたところも魅力的です。ちょっと憎たらしくも思えるのに、主人公に甘える仕草を見せるのがなんともドキドキさせてくれます。

そして、この少女、可愛いのですが、特別そんなに美人というわけではありません。なのに歌い始め、彼を優しく寝かしつける場面では、まるで天使がそこにいるかのように錯覚させられました。

まさに、舞台は彼女のためにあり、その歌声に引きつけられ、目が離せません。一時前までは王子様の美しさに目を奪われていたはずなのに、今はただ、歌を歌い始めた彼女に心を揺さぶられていました。

「すごい……なんか、すごい役者さんたちだね。特にあの女の子、歌うと全然雰囲気が違う」

隣で観ていたオリビアも小声で「すごい、すごい」と繰り返しました。さすが人気の劇作家『エルランド』が薦める役者なだけあります。

「ね、いいでしょ？　でもねぇ。ヒロインの方にちょっと問題があってね。元々役者志望じゃなかったっていうのもあって、本格的に仕事にするつもりがないみたいなの。そこは、口説かないといけないんだけど……それと、ちょっと田舎育ちでね、ああやって役に入っている時は大丈夫なんだけど、普段は言葉の訛りが残ってるの。王女様の侍女役にするには特訓が必要かもしれないわ。でもね、彼女ほど素晴らしい才能のある役者はなかなかいないと思うの」

コニーが説明してくれてオリビアと頷きました。素人ながらもなんとも言えない魅力を感じます。はっきり言ってファンになってしまったかもしれません。

劇はクライマックスを迎えます。想いが通じた王子様が少女を抱きしめました。あんなに大切だった「子守歌」ですが少女は王子様の呪いを解くために自分の声を魔女に渡してしまうのです。声を失った少女は王子様に気づかれないように王宮を出ますが、王子様は声がなくとも愛していると少女を追いかけるのです。

「あんなに周りを気にしていた王子様が……ぐすっ」

ハンカチを握る手にも力が入ります。隣のオリビアも無言で目頭をハンカチで押さえていました。

舞台袖にいるにもかかわらず、観客と同じように拍手で劇の最後を迎えました。これは、もう一度ちゃんと観客席の方から観ないと！

大きな拍手の中、幕が下ります。まだ感動で胸がドキドキしていますが、コニーが主役の二人を紹介すると言ってくれました。

「劇ももちろん良かったですけれど、お話も素敵でした！」

まずはエルランドとしてのコニーに握手を求めて、この感動を伝えます。恥ずかしいのかコニーがはにかみながらも握り返してくれました。

「さ、こっちよ」

終わったばかりの舞台を離れて、控室(ひかえしつ)に案内してもらおうとした時でした。

ズドン！

ガシャン！

派手な音がして、前方を見ると舞台の背景だっただろう、柱が倒れていました。

「ベル！　大丈夫か！」

「誰か、そっちを持ってくれ！　どうして、柱が倒れたりしたんだ！」

わあわあと騒ぎになっています。事故でしょうか。

「オリビア、フェリ、見てくるからここで待ってて」

コニーがそう言って行こうとするのを私たちが慌てて止めます。

「何言っているのよ、コニーは妊婦なのよ!?」

「でも、何があったか、確かめないと……」

「少し、様子を見ましょう。安全だと確認してから行っても遅くないでしょうし」

そうこうしているうちにコニーが振る手に気づいた男の人がやってきました。

「二人に紹介するわね、舞台監督のサージェよ。彼は私のことをエルランドだと知っているの」

「初めまして、舞台監督のサージェです」

四十代くらいの少し目の離れた男の人です。黒のベレー帽をかぶり、少しウエーブのかかった肩までの髪を耳にかけていました。

「サージェ、こちらは私の大切なお友達なの。劇場にも来るでしょうから顔を覚えておいてね。で、大きな音がしたけど、何があったの？」

「それが、ベルの目の前に舞台のセットの柱が倒れてきたんです。美術担当はしっかり床に固定したと言っているんですが。どうやらねじが外れていたようで……」

「ベルは大丈夫だったの？」

「ええ。アルトがとっさに腕を引いたので無事でした」

「よかったわ。怪我(けが)でもしたら大変だもの」

「そうなのですが……」

「まだ何かあるの？」

「いえ……最近、こういった事故が多くて。特にベルを狙ったように起きるんです」

「……誰かの仕業だと？」

「床のねじは故意的に外されていたようでした」

「……なんてこと。犯人の目星はついているの？」

「それが、何度かあったのですが誰も目撃していないんです。力不足の主役を狙う亡霊(ファントム)の仕業じゃないかと、皆噂しているくらいです」

「そんな、亡霊なんているわけないじゃない」

「しかし、亡霊の噂は前からありますし、過去にも主役の数名が被害にあっていますから」

「誰かの嫉妬じゃないの？」

「あの、こんなことを言うのもなんですが、『恋の嵐』の主役はベルじゃないとダメなんですか？　今からでもオーディションすれば間に合います。あんな大して経験もない役者、皆納得してませんよ」

「……私はあの子でやりたいのよ。今回の舞台で納得できたんじゃないの？　どうして貴方がそこまでベルを嫌がるのか私はわからないわ」

なんだか不穏な会話に口も挟めません。亡霊なんて、恐ろしい響きです。

「……お客様への被害は確認されていませんので、ひとまず安全確認を怠らずに注意します。警備の強化も要請するつもりです」

「そうね。頼んだわ。一応、私もダンに報告しておくわ」

「お願いします」

舞台の方に戻る監督の後ろ姿を見送っているとオリビアがコニーに質問しました。

「ベルっていうのは主役の娘さん？」

「ええそうなの。無事だったみたいでよかったわ。この公演は今週千秋楽を迎えるの。舞台監督はああ言っていたけど、ベルの実力は申し分ないと思うから、亡霊の仕業なんかじゃない。とりあえず、無事を確認するために控室に向かうわ」

「突っ走らないでよ、妊婦さん。もう少し、ゆっくりね？」

勇んでコニーが廊下を行くのにオリビアと私は焦って後をついて歩きました。

コンコン、と扉を叩く(たた)と「は～い」というのんびりとした声が聞こえました。

「ベル、大丈夫？」

「あ、コニー奥様！」

ガチャリとコニーが扉を開けると足首に包帯を巻いてもらっている女の子がいました。

「怪我してるじゃない」

「あの、わたすは大丈夫だっつったんだども、アルトが大袈裟で……」

「まだ公演はあと三日残ってるんだぞ。大袈裟なもんか」

「で、でも、じ、自分で……」

「俺がやるから、ベルはじっとしてて」

包帯を巻いているのは先ほどまで王子様役をしていた美青年でした。甲斐甲斐（かいがい）しくベルの世話を焼いています。舞台からはもう降りているのにこちらはキラキラ感がずっと続いていました。彼に足に触れられて女の子は真っ赤な顔をしています。と、流してしまうところでしたが、『わたす』？

「アルト、私が巻くわ。貸してよ」

アルトと呼ばれた美青年の隣にいた子が彼から包帯を奪い取ろうとしています。金髪のその子はなかなかの美少女でした。しかしアルトはベルの包帯を巻く役目を手放す気はないようで、やんわりとかわしていました。その様子をベルがオロオロしながら眺めています。

「すみません、コニー奥様、ご挨拶が遅れました」

包帯を巻き終わるとアルトと隣の女の子が立ち上がって頭を下げました。ベルも立ち上がろうとしましたがコニーが手で制しました。

「怪我をしているんだから、ベルは座ったままでいいのよ。無事の確認とちょっと挨拶がしたかっただけだから」

「ベル、アルト、シャロン。こちらの二人は私のお友達なの、よろしくね」

「よ、よろしくお願いします」

「ベルとアルトはわかるよね？　先ほどの主役の二人よ。シャロンはアルトの幼馴染でアルトの付き人なの。彼女も役者の勉強をしてるわ」

「付き人？」

「経験を積んで安定して舞台に出られるようになったら、身の回りのお世話をする人を劇場経費でつけられるのよ。舞台の間だけで賃金はお小遣い程度だけどね。ふふ、アルトも一人前ね」

「コニー奥様、俺はまだそんなんじゃないんです。けど、同郷のシャロンもここに来て五年です。顔を少しでも売って頑張るって言うから勉強の合間に雑用を頼んでいるだけです」

　謙遜するアルトを含む三人をじっと見ているとベルと目が合いました。

「ふあぁ。劇場主の奥様のご友人とあって、なんて素敵な人だべ」

「ベル、言葉遣い！」

「あ、ええと、とっても素敵な人……です」

　アルトに注意されてベルが言い直しました。なるほど、コニーが言っていた訛りというのはこういうことなのですね。

「素敵だなんて言ってもらえて嬉しいです。先ほど舞台を観させていただきました。お二人とも素晴らしかったです。感動して涙したくらいですよ」

そう言うと、二人は顔を見合わせて嬉しそうにしています。あらら、なんて可愛らしいのかしら。とても仲が良さそうです。聞けば、ベルは十六歳、ミルクティーみたいな明るい茶色の髪に紫色の瞳の少したれ目の女の子です。化粧を取るとぐっと幼く見えます。アルトは十八歳、劇中は金色のカツラをかぶっていたようですが黒髪にオレンジ色の瞳です。役者さんとはすごいですね。化粧でこれだけ化けるんですから。

「実はこちらのフェリ様は前に話をしていた次期公爵様の奥様なの」

「え！　あの、『恋の嵐』の主人公だが!?　ほ、ほ、本物!?」

「し、失礼いたしました！　公爵家の方だと知らずに……」

私の身分を知って、アルトがベルの頭を掴んで自分も深々と頭を下げました。後ろに下がっていたシャロンも可哀想なくらい恐縮しています。

「い、いいのよ、頭を下げなくても。今はコニーの友達としてここに来ているのだから。それに、先ほどの舞台を観て、貴方たちのファンになってしまいました」

「綺麗なだげでなぐ、優しぇなんて、ほ、本物のアンリエッタだ……」

ベルが私をうるうるとした目で見ました。アンリエッタというのは本の中での私の名前です。

「どう？　本物のアンリエッタを見たら、演じてみたくなったのでは？　私は『エルランド』に貴方しかできない役だと聞いているのよ」

「……」

コニーの声にベルが私をじっと見つめて止まってしまいました。何か私を見て感じるものがあるのでしょうか……。

「あの……」

「ああ、奥様、大丈夫です。時々、集中しすぎてベルは何も外の音が聞こえなくなってしまうんです。役者としてはすごいんですけど、驚いてしまいますよね」

アルトがそう私に説明してくれました。そうするとベルは今、物語の私のイメージを重ねているのかしら。それにしても食い入るように見つめて、すごい集中力です。

「ベル？　どうかしら」

しばらくベルの様子を窺ってからコニーが再び声をかけました。ハッと我に返ったベルはコニーに視線を合わせました。

「あ、あの、コニー奥様、わたす、『恋の嵐』は何度も何度も読んでで、それはもう、アンリエッタどランドールの恋はしったげ素敵で、演じでみでゃで思ってしまいますけど」

「……けど？」

「今回は下町の娘役で、脚本通りでなんとがしてまして。王女様の侍女なんて高貴な言葉遣いはわたすには、無理なんです」

「うーん……まあ、確かに。仕草とか、言葉遣いはなんとかしないといけないわね……。その辺はどこかで教わることができるように手配するわ」

「ああ、それならしばらく私の下で見習いをしては？」

　そこで声を上げたのはオリビアでした。

「そろそろもう一人私の下に見習いをつけようかと話が出ていたの。フェリ様の人柄を間近で見られるだろうし、所作や言葉遣いの勉強にもなるから一石二鳥じゃないかしら。ソテラ家はその期間もお給金を出してくれると思うわよ。ね？　フェリ様」

　オリビアの提案に少し考えます。徐々に慣らしながら侍女を増やしてはどうかとダールさんから言われていました。どんな感じになるのか知りたかったのもあるので、試してみるには都合がいいかもしれません。もちろんその間のお給金も出せるでしょう。その点、私も故郷の事業で多少の資産を持てるようになっていますので安心です。

「相談してからになりますが、きっと夫も反対しないでしょう」

「フェリ様のお願いをラメル様が断ることはないでしょうに」

　オリビアがニヤニヤしながら言いますが、お願いはラメル様の『ご褒美』に繋がる危険な単語なのです。おいそれと使ってはいけない言葉なのです。

「そうしてもらえると助かるわぁ！　次の公演まで侍女の勉強をしながらお給金ももらえるなんて、ラッキーじゃない！　ベル、いいわよね？」

「わ、わたすが……公爵家で、は、働く？　あの、アンリエッタの側に？」

「見習いで、少しの間ですけどね。私がばっちりといろいろ教えて差し上げますよ」

胸を叩いて言うオリビアに任せておけば間違いないでしょう。

「ベル、そろそろ将来のことを真剣に考えるべきだ。役者を続けるなら、言葉遣いの克服をしておくのは絶対に必要なことなんだから」

「アルト、でも……」

「本物のアンリエッタの側で学べるなんて幸運はもう二度と来ないぞ。ベルが読んでいた本は何度も読み返してボロボロだったじゃないか。それに、俺もアンリエッタ役はベルがいいし……」

「運が良ければ本物のランドールに会えますよ？　この世のものとは思えない美しさです」

オリビアの言葉がベルの背中を押したようです。そうですよね、ラメル様、見てみたいでしょうね。本当に素敵なのですから。

「あの、何よりも、その、サ、サ、サインをしてください！」

ベルが私に差し出したのはボロボロになった『恋の嵐』の本でした。こ、こんなになるまで短期間に読み込んでいたのですね。あまりの迫力に裏表紙にどう書いていいかわかりませんが、なんとかサインを書きました。

そうしてベルは今の公演が終わった後、少しの間ソテラ家のオリビアの下で侍女見習いをすることになりました。

3　天才役者は侍女見習いになり、歌でお皿代を払う

公演を終えた翌日にさっそくソテラの屋敷を訪れたベルは、オリビアの部屋に間借りすることになりました。オリビアはソテラ家の使用人の棟の一室に住んでいます。お給金はたっぷりもらっていますので外で家を借りることも簡単なようですが、独り身なので引っ越す気はないようです。私もオリビアが側(そば)にいてくれると安心なので出て行かれては困ります。

ベルが来ると決まった前日、ダールさんに頼んでベル用にベッドを一つ入れてもらっていました。一緒に住んだ方がいろいろと短時間で学べるだろうとの配慮です。トランク一つでやってきたベルは、食堂の二階に間借りしている物置部屋より数倍も広くて素敵だとはしゃいでいました。ベルもオリビアと同居することに不満はないようです。

私も侍女見習いの時は先輩と同室で心得を学びました。なんだか懐かしい気分です。きっとオリビアもそう思っているのでしょう、ベルを見ながら目を細めていました。

「身だしなみは一番大切なことよ？　靴は前の晩のうちに磨いて用意するように。廊下を歩く時はもっと端に寄りなさい。いい？　背筋は伸ばして、決して走らない」

侍女見習い初日の朝からオリビアの声が響きます。なんだか母親のようです。

「お、奥様、お着替えのお手伝いをいだします」

「ベル、発音」

「お、お、奥様、お着替えのご用意をします」

「ご用意？」

「は、はわわわわ」

「もう、落ち着いて、『お着替えのお手伝いをします』でいいのよ」

「お着替えのご用意……はわわわ」

何度も言い直して涙目になるベルが可哀想なのに、可愛いです。笑ってしまいそうになるのをこらえて着替えを手伝ってもらいます。

「ベル、ボタンを上から全部ひとつずつかけ間違えてますよ」

「ひぃいいっ」

オリビアに指摘されて後ろでベルが飛び上がっているのがわかります。もう、限界です。笑ってもいいでしょうか。

それからも緊張しているのかベルが小さなミスを繰り返します。でも好感が持てるのは、次は間違えないようにしようと自分で努力する姿です。オリビアに言われたことはメモを取って、言い方を間違えた時は赤線を引いて、と何度も繰り返していました。あのボロボロになった小説といい、今メモを取っているノートも一日で真っ黒です。きっと彼女はこうやって一つ一つ努力して覚えてきたのでしょう。

せっかくなのでその日は食堂で一緒に昼食をとりました。オリビアの隣に座ったベルは、説明を聞きながら並ぶカトラリーと戦っていました。

「だから、それは……。あ……そうだわ。ほら、フェリ様になった気になって食べたらどう？　ちょうど向かい側にいらっしゃるからお手本になるでしょう？」

それを聞いたベルはじっと私を見ました。これはお手本になった方がよさそうですね。私がするようにベルが真似をします。こういう時の集中力は半端ないようで、やがて食事が終わるまでそれは続きました。

「驚いた……なんていうかやっぱり只者ではないですね」

急に完璧に作法をこなし出したベルを見てオリビアが感心します。その姿はまるで別人でした。

「どうして使用人と食事をとっているんだ？」

その時、不意に声をかけられてベルが肩をビクリと揺らしました。声の主はレイナード様です。ステア様のお稽古の前にローダの顔を見に来られたのでしょう。

「侍女見習いとして来てもらっていますが、彼女は『役者』さんなのですよ。お勉強のためにここにいらしているんです。ベル、こちらはレイナード様です。本物の王子様ですよ」

「ひっ……、あ、あの！」

慌てて挨拶しようと立ち上がったベルでしたが、立ち上がる際に膝に乗せていたナフキンが落ちました。それをすくい取ろうとして、今度はテーブルクロスを引っかけてしまいます。

ガチャン！　カラン、カラン……。

皿やカトラリーが次々と下に落ちていき、それをなんとか防ごうとするベルがまた体をぶつけ、食器が数枚割れてしまいました。真っ青になるベル……。

「なんだ、騒々しい奴だな。大丈夫なのか？」

「レイナード様は危ないので離れていてください。ベルも大丈夫でしたか？」

よほど八歳のレイナード様の方が落ち着いています。パニックになっているベルに声をかけて無事を目視で確認しました。

「お、奥様！　も、も、申し訳ありません！」

「いいから、落ち着いて、手を切らないように片づけるのよ。箒と塵取りを持ってらっしゃい」

「は、はいっ」

オリビアに言われてベルが慌てて掃除道具を取りに行きます。その後ろ姿を見てレイナード様が眉をひそめました。

「あんなのが役者って本当か？　そうは見えない」

「本来のお仕事とは違いますからね。滅多に会えない『王子様』に会えてびっくりしてしまったのでしょう」

「ふうん。まあ僕はローダが危ない目にあわなければいい」

レイナード様はさほど興味を示さないで食事に夢中だったローダのところへ行きました。相変わらずローダを構うのがお好きなようです。

それから無事に割れたお皿を片づけ終わったベルは、よほどお皿を割ってしまったことがショックだったのか、今にも泣きそうになって下を向いていました。

「ベル、気にしなくていいのよ。初めは誰だって失敗するのですから」

「でも、奥様……あんなに高価そうなお皿を。わたし、弁償します。す、すぐには無理ですが……」

恐縮しきっているベルには言えませんが弁償となるとベルはソテラにいる間、無料(ただ)働きになった上に借金を抱えてしまいます。うーんと考えて、私はいい案を思いつきました。

「貴方(あなた)は役者さんなのですから、役者さんならではのことで弁償してもらうというのはどうかしら。私、『眠れない王子と子守歌の娘』が大好きなのです。最後に王子様のために歌うところを演じてみせてくれないでしょうか？　それをお皿代にします」

「そんなことでいいのですか？」

「そんなこと、じゃないですよ。私のためだけに歌うのですからギャラが発生して当たり前です」

「わかりました……フェリ奥様、感謝いたします」

そう言うとベルは明かりのさす窓際へと移動しました。食事を終えて皆が彼女に注目しました。

ベルはさっと室内を見回してから、部屋の隅にあったワインの入っていた空の木箱を持ってきました。テラスに繋がる大きな掃き出し窓を開けて、木箱の上に乗ります。最後にナフキンを三角巾にして頭にかぶせました。王子様に子守歌を歌うシーンは『眠れない王子と子守歌の娘』の物語の重要なシーンです。王子様が愛していると言えば少女は魔女に命を狙われてしまいます。自分から遠ざけて守ろうとする王子様と王子様に嫌われたと思って悲しむ少女という、すれ違いが切ない場面です。

スウ、と息を吸い込んだベルが木箱の上で歌い出しました。

どうか、お眠りください
私の歌で　魔女の　呪いがとどまるうちに
貴方がそれで眠れるというなら
私は夜通し歌い続けるでしょう
貴方に必要ないと言われても
この歌が届くのなら
いつまでも私は夜通し歌い続けるでしょう

窓から優しい風が入ってくるとベルのスカートを揺らしました。まるでベルを照らすように日差しが頬に当たります。兄を暗殺された王子様は疑心暗鬼になっていました。魔女の呪いで眠れなくなった彼はその苦しさで周りに当たり散らしていました。少女の春風のような優しい歌だけが彼を満たし、やがて愛される幸せを知っていくのです。なのに、彼はその愛する少女を守るために、少女を手放す決断をするのです。ああ、ここは舞台ではないのに、鮮明に光景を思い出せます。少女は王子様に捨てられようとも、夜、歌を歌い続けるのです。ただ、彼のことを思って……。

「かあさま、いたいいたい？」

美しいその歌声に魅せられ、あたかもそこが舞台であるように錯覚しました。いつの間にか私は涙を流していたようで、心配したローダがやってきて私の涙を可愛い手でぬぐってくれていました。

「お母様はベルの歌に感動してしまったの」

「ベル、おうた、じょうずねぇ」

「ええ。そうね。素晴らしかったです」

私がパチパチと手を叩くと我に返った皆も拍手をしました。彼女はこの場に舞台を作り、役を演じきったのです。

「こんな何もない場所で、最大限に自分を演出して演じるなんて、コニーがベルを天才だと言ったのが身に染みてわかったわ。まるで小さな舞台を観た気分よ」

「僕も、こんなに素晴らしい歌を聞いたことはない」

オリビアとレイナード様の感想に頷きます。後ろに下がっていた給仕たちも食い入るようにこちらを見ていました。

「ベル、素晴らしかったわ」

「ありがとうございます！　……これでお皿代になったでしょうか」

申し訳なさそうにそう言うベルの姿はとても情けない雰囲気で、さっきまでの迫力とのギャップに皆で笑ってしまいました。

それからベルはすぐにソテラ家に馴染みました。ちょっとおっちょこちょいで、あの後も何枚かお皿や花瓶を割ってしまいましたが、それ以外はオリビアのシゴキに耐えていました。

「オリビア、少し張り切りすぎじゃないですか？」

「いえいえ、フェリ様、短期間で習得せねばなりませんからね」

ベルは侍女の仕事量を少なくして、言葉のイントネーションとマナーの勉強を重点的に学んでいます。役者であるベルに負担がかからないように必要ない仕事は省いて、オリビアがスケジュールを組んでいるのです。厳しく接しているという態度をとっていますが、オリビアがベルをとても気に入っているのは一目瞭然です。元々人の世話を焼くのが大好きなオリビアですが、密かにベルの肌にいいと言って朝食に必ず野菜ジュースを用意し、喉を痛めてはいけないと蜂蜜の飴も用意していました。かくいう私もすっかり彼女の魅力に囚われてしまっていました。とにかくベルは何事にも一生懸命で明るくて可愛いのです。

数日後、天気が良かったので昼食はテラスでとることにしました。久しぶりにラメル様もいらっしゃるようです。そう伝えると緊張したのか、落ち着いてきたはずのベルが朝から失敗ばかりするようになってしまいました。

「かあさま」

「さあ、ローダ、きちんとテーブルに着きましょうね」

専用の小さな椅子にローダがちょこんと座ります。普段は甘えて私の膝をねだるローダですが、食べることが大好きなので食事となるといそいそと自分で椅子に座ります。

「今日はお父様が来るから、もう少し待ちましょうね」

私が声をかけるとローダは手にフォークを握りしめながらも我慢します。う……可愛い。

そうしているとラメル様が到着されました。

「ローダ、いい子にしていましたか?」

「とうさま、おしょくじがさめますわよ?」

「待たせてしまったようですね。さっそくいただきましょう」

抗議するように言うローダの頭を優しく撫でてからラメル様が着席しました。

目の前にお待ちかねの食事が出てきて、ローダはご満悦です。

カタ、カタカタ……。

その時、不自然な物音が聞こえてそちらを窺うとベルがお茶のポットを持ちながら震えていました。

ラメル様のあまりの美しさに震えているのかしら……。初めて見ると、そうなりますよね。

「ラメル、オリビアの隣にいるのが侍女の勉強中の役者のベルです」

「……すると、フェリの役をやるという」

「ええ。こう見えて、ベルは舞台に立つとすごいオーラを放つ役者さんなのですよ」

「へえ。貴方が褒めるのなら、そうなのでしょうね。ああ、食事の後でいいのですが、フローラ姫から手紙が届いているのです。私宛てですが、読んでもらって構いません。午後からフェリはまた劇の打ち合わせをするのでしょう？　手紙の内容を相談してもらいたいのです」

「フローラ姫様がラメル宛てに手紙を？　珍しいことがあるものですね。いつもは私に書いてくださいますのに」

「読めばわかりますが、私に対する抗議文ですから」

「抗議文？　ラメルに？」

「とても面白い内容でしたよ」

クツクツと魔王が笑います。慣れていても恐ろしい笑いです。ほら、先ほどまでポーッとラメル様を見つめていたベルの顔が引きつっています。

気になりながらも食事を終えるとラメル様からフローラ姫様の手紙を見せていただきました。

ラメルへ

リーズメルモ国で流行(はや)っているという『恋の嵐』という本をライカお兄様から手に入れたわ。

ちょっと、どういうことよ。

あれ、ラメルとフェリの話じゃないのよ！

百歩譲って、それはいいわ。でも、王妹のモデル、私じゃない！　言っておくけどあそこまでひどい行いをした覚えはないわよ！　しかも、人気の劇作家が書いていて、今度劇にもなるらしいじゃないのよ！

まずいのよ！　私の夫は読書とか、劇を観(み)るのが大好きなの！　やっと体調が落ち着いたから今度夫を連れてリーズメルモ国に行くことになったんだけど、『恋の嵐』が観たいって言っているのよ。なんたって『恋の嵐』の大ファンだもの。でも、リーズメルモ国に着いたらきっと周りの噂(うわさ)も耳に入ってアレもコレも私のしたことだってバレる。

お願いだから劇の方だけでも、もう少し私をマシな設定に変えてちょうだい。あの時のことは散々謝っているし、ラメルだってフェリと結婚できたんだから、私に感謝してるよね？

どうしても、夫には嫌われたくないの！

いい返事待ってるわ！

フローラ

「ええと……」

「どうです？　笑えませんか？　あのフローラ姫が夫のご機嫌を窺うなんて」

「なんでも病弱な方で、姫様がとっても大事になさっていますからね。いらぬ心労をかけたくないのでしょう」

「フローラ姫の部分だけ、私がリクエストして少し大袈裟(おおげさ)に書いてもらいましたからね。それに気づいて私に手紙を書いたのでしょう」

「少し……ではなかった気がしますが、誇張されていましたよ」

物語を本にする時、ほとんどのことは私に任せたラメル様でしたが、フローラ姫様の悪業だけは、盛り込んでくれと随分口出しされました。媚薬(びやく)の香を焚(た)いたところは、初めから『妖精の涙』という『惚(ほ)れ薬』で恋に落ちる。という表現に変えられています。姫様が懸念されているのは王妹が散財してドレスを買いまくり、侍女にたくさん意地悪するシーンを指摘しているのでしょう。

「当然、無視してやろうかと思ったのですが、フローラ姫は国王にも同時に懇願の手紙を出してましてね」

「えっ！」

「……こざかしいくらい頭が回る人ですから。で、国王の方からも、事件の謝罪を改めていただき、これ以上フローラ姫を辱めてやらないでくれ、と頼まれました」

「だ、大丈夫なのですか？」

「どうします？　私はフローラ姫の悪業を洗いざらい彼女の夫の前でさらしても構いませんけど」

「い、いいえ、もう十分、姫様も反省しておられますし、ほら、私たちは結婚できて幸せなのですから」

「……本当に、フェリは天使ですね。ですがフローラ姫に一泡吹かせたくなったら、いつでも私に言ってください」

ニヤリ、と笑うラメル様。きっとフローラ姫様が旦那様を溺愛していることに目をつけたのでしょう。姫様、どうか余計なことはなさらぬように願います。

「ご、午後から劇場に向かいますので、その時にお話を変更できるか打ち合わせしてみます」

「できなくても、私がなんとかしますので、どうなったのかだけ気にせず報告してください」

「……わかりました」

できない方が面白そうですけどね？　という心の声が聞こえてきたのは気のせいでしょうか。とにかく後ろでブルブル震えるベルを落ち着かせるためにもこの話は終わらせましょう。

「本物のランドールに会えてどうだった？」

ラメル様が食後に執務に戻られると、オリビアが固まっていたベルをつついて聞いています。

「あ、いや、んだども……と、とてもお美しい方でした」

「ビーム出てたでしょ？　余計なことを言う奴は死ね的ビーム」

「オリビア、だから出るわけがないでしょう！　もう」

「い、いえ、で、で、出てるくらいに迫力が……お、奥様とお嬢様と話す時だけ春風が吹いていますた」

せっかくオリビアに言葉遣いの指導をしてもらっているのに、ラメル様の迫力にうろたえてベルの訛りが戻っています。そんなに動揺しなくても取って食べたりはしません。――いえ、まあ、食べられるのはきっと私だけに違いありません。

「さあ、そろそろ、フェリ様、お支度を。劇場に向かう時間です」

オリビアがそう告げると膝の上にいたローダが私のドレスをギュッと掴みました。

「かあさま、いっちゃダメ」

「ローダ、お母様もお仕事なのですよ。いい子にしていたら、お星さまの飴を買ってきてあげます」

「……いらない」

ドレスを離しそうにないローダに、大好きなお星さまの飴で誤魔化そうとしましたが無理なようです。

「ローダ様、奥様を困らせてはなりませんよ」

チェリカが来てローダを私から離そうとしてくれましたが、ローダは動きません。膝から降ろして目線を合わせると、泣きそうな顔のローダに約束をします。

「では戻ってきたら、ローダと『ぴょん』の餌やりをしたいわ。どうかしら？」

「……いっしょ？」

「ええ。一緒にですよ」

「じゃあ、おほしさまも」

「ふふ。わかりました」

　ちゃっかり飴をねだるローダの頭を撫でるとチェリカが連れて行ってくれました。「ぴょん」とは義弟（おとうと）のステア様が婚約したユカリナ様からいただいた可愛いウサギです。ローダの大好きな絵本「ウサギのぴょんの冒険」の主人公の名前をもらっています。いろいろあって私は「ぴょん」と聞くたび赤面しそうになりますが、ウサギの「ぴょん」がいてくれるお陰でローダが寂しい思いをしなくて済んでいます。ユカリナ様には感謝しかありません。

「さて、支度して劇場に向かいましょう」

　オリビアの言葉に今度こそ頷きました。


「そう。国王様からのお願いなら修正しないとまずいですね」

　私の話を聞いてコニーも困惑顔です。いくら言論の自由を謳（うた）う新聞王の後ろ盾があったとしても、わざわざ国王の機嫌を損ねたいわけではないでしょう。

「コニーに無理やり姫様の悪業を書かせたラメルのせいですので、このまま押し通してもなんとかするつもりでいるみたいです」

私が魔王の顔を思い出して半笑いしていると、オリビアも隣で半笑いになっていました。

「……国王様に言われたからではないのだけど、ちょっと私も考えていたの。王様と王妹の侍女の設定もいいんだけど、劇にするならもう少し華やかにしたくって」

「華やか？」

「うん。恋愛劇を観るのはご婦人が中心だから、お姫様のドレスとかに憧れがあるの。この間まで公演していたのは眠れない王子様と町娘だったでしょう？　お話的には面白かったし、よくできていたと思うんだけど、舞台にすると、華がないのよね。皆が憧れるような美しいドレスの王女様が出てくる方が良かったと思ってるの」

「なるほど」

「そうねぇ、ここは思い切って、アンリエッタを姫様にして、ランドールを騎士にして書き直そうかしら。王様や王子様より最近は騎士の方が人気があるの」

「えっ。男女の役をあべこべにするのですか？」

「面白いと思わない？」

ワクワクした目でコニーが私たちを見ました。これは、なかなか楽しいことになりそうです。

それから、何か思いついたのか、コニーが机に座りました。真っ白だった紙にするすると文字が書かれていきます。

「す、すごい……」

それから集中し始めたコニーは何を話しかけても返事がありませんでした。仕方なく私とオリビアは隣でお茶をすすります。しかし、芸術家ってこんなにも熱中してしまうものなのでしょうか。

「そういえば学生時代にコニーが物書きに集中しすぎて、移動教室の授業に来なかったことがあったわ。あの時も教室に戻ったらコニーがずっと座って何か書いていたのに驚いたわ」

「こうやって物語が生まれていくんですね」

「まあ、コニーの場合はちょっと特殊でしょうけどね」

しばらくしてやっと現実世界に帰ってきたのか、一気に書き終えたコニーは『はあーっ』と息を吐いていました。

「まだ粗削りだけど、うん、とってもいいものになりそう」

「そ、そう」

「すぐに衣装の手配をするわ。舞台美術にも腕を振るってもらわないと！　ああ！　素晴らしいものしかできない予感よ！」

興奮するコニーに私たちは顔を見合わせるだけです。

「主役を姫様にして、やっぱりベルが演じるの？」

「ええ。騎士役はもちろんアルト！　題名は『恋の嵐』のままでいくわ！　きっと最高の舞台になるわよ！」

コニーの顔はキラキラと輝いていました。そして、私たちはベルが姫様役を、アルトが騎士役をするとなんの疑いもなく思っていたのです。

4　父親捜しと脅迫文――劇場の亡霊(ファントム)――

「え、やっぱり役を降りたい？　どうして？　あんなにイントネーションを直したり、マナーの勉強も頑張っていたじゃない」

役柄の変更を伝えるとベルの顔が曇ってしまいました。元々少し強引に頼んだ感じではありましたが、屋敷であんなに頑張っていたので断るとは思ってもみませんでした。その言葉にコニーも困惑しています。

「お姫様役にするのであれば、もっとふさわしい役者がいるはずです。実はわたし、王都に行くのは一年と決められていたのです。それはあと三カ月しかありません。やらなくてはいけないことがあるんです」

「やらないといけないこと？」

「……人捜しです。その、失踪した父を捜しています」

「お父様を」

「ねえベル、その、父親捜しはこちらで引き受けるわ。だから……」

「本当は！　この間の公演で役者は辞めるつもりだったんです。王都での滞在費が欲しくて始めたことですし、そもそも父を捜しに田舎から出てきたので……でも、憧れのアンリエッタに会うことができて、少しでもお側にいたくなってしまって、一目だけでもランドールも見たかったし……侍女見習いの間だけと欲張ってしまいました……すみません」

「アルトは知っていたの？　ベルが父親を捜しているって」

「知ってます。ずっと一緒に捜していますから。ベルは半年以上前に、役者の『ロナルド』という人物を捜してるってこの劇場に現れたんです。でも、役者仲間や劇場関係者に聞いてもそんな役者は誰も知らないんです。他の劇場もあたってはみましたけど、どこもここほどは大きくないし、何よりベルが持ってきた父親から送られてきた手紙の住所はこの劇場でした」

「わ、わたしが言うのもなんですが、父はなかなかの男前でした。アルトやランドールほどではないですけど」

「お父様の特徴は？」

「名前は『ロナルド』。わたしと同じ明るい茶色の短い髪に紫の瞳です。背はアルトと同じくらいでよく母の手作りの緑のベレー帽をかぶっていました」

「それだけだと該当者がたくさんいそうね……」

「ええと、あと特殊な指輪をしています。母とおそろいのもので、これです」

ベルが大切そうに首にかけていたネックレスについた指輪を見せてくれました。その太い指輪には天使の彫刻がしてありました。

「こんな指輪は見たことがないわ。確かに特殊ね」

「父の知り合いが特別に彫って作ってくれた結婚指輪だそうです。父はお金がなかったので、金や宝石は買えなかったのだと聞きました。世界に一そろいしかないものです」

「珍しい指輪だけど、覚えている人がいるかどうかよね……」

「役者っていってもいろんな人がいるし、ほんの少しエキストラとして出るだけの人だっているもの。そういう人は大抵すぐに辞めていってしまうし……ベルのお父様がこの劇場にいたっていうのはどのくらい前なの？」

「……父が王都に出たのは十三年前です」

「はあ。そんなに前だったら知っている人も少なそうね」

「ええ。俺も先輩に聞きましたが、なんの手がかりもなかったです」

「で、一年っていうのは？」

「父がわたしと母を置いて出て行ってしまったので、わたしと母はずっと叔母の家でお世話になっていました。母は病気で、その、お金がかかりました。その母も亡くなって、叔母にお金を返すか、叔母の紹介したところに嫁げと言われて、一年間だけ父を捜す猶予をもらって王都に来たのです」

「『恋の嵐』の主役になれば、それ相応な金額が手に入るわよ？」

「……ですが、それは公演後、その先の話です。この間の公演のお金はもうわずかしか残っていません。王都に来てからの生活費を食堂のご夫婦に立て替えてもらっていたんです。日々の生活にもお金がかかります。叔母には借金を一括で返すよう言われていますが、そんなの用意できそうもありません」

「ではその借金、私が肩代わりするわ。その代わりベルは私に少しずっお金を返す、でいい？　それに貴方が有名になれば、お父様が名乗り出てくるかもしれないわ」

「あの、でもダメなんです、わたしは、ダメなんです」

コニーの提案にベルが泣きそうになってしまいました。表情は険しく、ただごとではないようです。

「コニー奥様、それが、最近ベルのところに脅迫文が届くのです」

ベルの肩にアルトが励ますように手を置いて、その上にベルがすがるように手を重ねました。

「脅迫文？」

「これです」

アルトが出してきた紙を三人で覗き込みました。そこには殴り書きのような文字が書かれていました。

犯罪者の娘、ベル、役を辞退しろ

「どうやら次の公演の主役もベルがやると聞きつけた誰かが、こんなものを書いて寄こしているんです」

「こんなの、ただの嫉妬による脅しじゃない」

「そんな……そんなたごどは……」

「え？　ベル？」

「わた……わたすは小さぇごろがら、叔母さ、おめの親父はクズだど、きっと王都で犯罪おがしてがえってこれねぁんだど……」

「う、うん？」

「いっつもそう、聞がされだ……もしそうだば、他の人たちや皆さんに迷惑が……主役が犯罪者の娘だったなんて知られだら、せっかぐの舞台が台無しに……」

訛り言葉に戻って嘆くベルの隣で私はオリビアとその紙をしげしげと眺めました。

「他に届いた文もありますか？」

「え……あの、これで全部です」

私が尋ねるとアルトが紙の入った袋を差し出しました。中には数枚の紙が入っており、内容は同じ『犯罪者の娘、ベル、役を辞退しろ』と書かれていました。

「この紙、全部同じ素材ですね。どこで手に入れているか調べましょう。それと、もしもこれが本当なら犯人はベルのお父様を知っていることになります」

「そうだわ、なんらかの事情を知っていないと『犯罪者』なんて書けないもの」

「脅すにしても『犯罪者』なんて……」

私たちが話をしているのを聞いてベルがきょとんとしています。ちょっとだけ探偵気分です。

「とにかく、紙の出所を調べて、差出人を突き止めましょう」

「……フェリ奥様はなもかもできるんだ」

羨望のまなざしでベルに言われてしまい、ノリノリだった私は恥ずかしい思いをしました。

＊＊＊

さて、改めて調べると脅迫文は今までに六通。この間の柱が倒れてきた事故を皮切りに、舞台の床板が外されたり、ベルがヒヤッとする出来事が三回ほどありました。これは悪意を感じます。それらはすべて舞台の上で起こったことなのに誰も目撃者はいませんでした。

「疑いたくはないけれど、柱や床板などは関係者しかできないですね」

「一番疑わしいのはベルが降りたら主役になる役者よね」

「候補は二人よ。一人はステファニー。三十歳芸歴十五年のベテランよ。最近は主役が取れなくて付き人にもあたりが強いわ。もう一人はソフィー。こっちも二十九歳十二年のキャリア。顔はいいのだけど、この子は歌がちょっとね……。二人ともベルが抜けたら候補に挙がるのは間違いないわ。でもね、昔から知っているけど、ライバルをそんなふうに蹴落とすような人たちじゃないわ。プライドを持って役者をしているし、もう年齢的に娘役の主役になれないのは納得していると思う。最近ではベルのサポートに入ってくれているからね」

「なるほど」

「舞台美術のスタッフっていうのもあるでしょうけど、メリットはないものね」

「脅迫文の件はどうなりました？」

「あれね、使われていたのはパンフレットを運ぶ時に上下に挟む紙だったの。受付のところでメモにできるように、切符切りの子が暇な時に小さく切って置いてくれているから皆使用してるのよ。劇場内だとしても、使用した人を特定するのは難しいわね」

「なんにも手がかりがないなんて、本当に亡霊(ファントム)のせいだったりして」

「……そもそも、亡霊(ファントム)ってなんなのですか？」

「根も葉もない噂(うわさ)だと思うんだけど、力が伴わない役者が主役に抜擢(ばってき)された時、無念の死を遂げた役者が出てきて、お前には無理だって言いに来るってやつなの。殺された時に顔を焼かれて白い仮面をつけているとか、なんとか。まあ、なんていうか、主役の役者に対するプレッシャーみたいな？　言い伝えみたいなものよ」

「いつ頃から噂されているんですか？」

「さあ……気がついた時には皆噂していたかしら……」

劇場の亡霊なんて、ありそうで怖いです。

「ベルのお父様のことは何かわかった？」

「そっちはダンの知り合いに頼んで調べてもらってるの。でも手がかりがなくて大変そう。役者たちにはすでにアルトが聞き込みしているしね」

「なんとか問題が解決してベルが気持ちよく主役をできるようになればいいのですが」

「私は『恋の嵐』のアンリエッタ姫は絶対にベルでやりたいのよ」

「あの子、役を演じるとなると別人よね。歌もすごく上手いし。コニーが天才だって言っていたのがわかるわ。それに、いい子だって一緒に過ごしているとわかる。そんな子の父親が犯罪者だなんてこと、あるのかしら」

　コニーの熱弁にオリビアが答えましたが私も同意見です。ベルは普段はちょっとおっちょこちょいだけど、何に対しても丁寧で一生懸命です。

「ベルがアンリエッタ姫でアルトが騎士ランドールの劇が観たいです。他の人がやるなんて想像できません。前の公演の時も思いましたけど、あの二人の声が重なるととっても素敵なのですもの」

「私もそう思う！　アルトだってベルと一緒に演じたいからあんなに必死に協力してるんでしょう？……ねえ、ちょっと気になってたんだけどアルトとベルは付き合ってるの？」

　オリビアが思いついたように聞くとコニーがニンマリしました。私もちょっと気になっていたのです。

「ベルもまんざらじゃないのよね。アルトは絶対ベルが好きだし」

「でも、田舎に戻されたらベルは叔母様の選んだ人のところに嫁がされてしまうのでしょう？」

「そんなのダメよ！　なんとしても解決して、ハッピーエンドに向かわないと！　あの二人、どう見ても両想いだもの」

二人の行く末を考えて三人で盛り上がります。見ていてムズムズするピュアな感じに、思わず応援したくなるのです。とにかく、ベルのお父様が見つかって、脅迫文の犯人が捕まり、叔母にお金を返さないと問題は解決されません。

なんとかならないか、と思いながら私たちはウンウンと考えるのでした。

＊＊＊

「最近のフェリは楽しそうですね」

夜、寝室に入るとラメル様が私を眺めて言いました。一日にあったことを寝台の上で報告するのが日課となっています。もっぱら話題は舞台かベルの父親の話です。

「ラメルはどう思います？　どうしてベルのお父様の手がかりがないのでしょうか」

「……そうですね。ベルの母親には劇場の住所で手紙が送られていたのですよね」

「ええ。お金を送ってきてくれたそうです。一通で終わってしまったようですけど」

「考えられるのは住所を偽ったか、そもそも役者というのが嘘だったか」

「え？」

「ベルの母親の薬代を稼ぐつもりで王都に出たのなら、少々危なくても報酬のいい仕事に手を出していてもおかしくありません。私なら父親の素性を調べますね。きっとまずは知り合いにお金を借りようとするはずです。だからどこで育ったか、家族はどうしているのか。一緒に暮らしていた時にどんな交友関係を持って、どんな仕事をしていた、何に興味を持っていたとか……。彼が役者であったという確証はないのですよね？」

「そういえば……なかなか良い顔立ちだったとしか聞いていないですね」

「ベルの父親から調べた方がいいでしょうね。あと、脅迫文の紙が劇場の受付のものだとしたら、少し細工をしてみてはどうでしょうか」

「……ラメルって、本当に頭が回るのですね」

「え？　ただ思ったことを言ったまでです」

「私たちの顧問探偵になりませんか？」

「顧問探偵……フェリはめっきり推理小説にはまってますね」

寝室の戸棚を見てラメル様が言います。確かに、最近の読書は推理小説ばかりです。定期的に親友のセゴア様からお薦めの本が送られてくるのですが、これがとても面白いのです。

「ラメルも読んで面白いと言っていたじゃないですか」

「貴方が面白いというものには興味がありますからね。ところで、顧問探偵なら報酬が発生するのですか？」

「ん？」

「貴方が支払うなら、いつだって引き受けますよ」

「ちなみに支払いは……」

「ロックウェルに次の新作を頼みます」

「そ、その代金とか？」

「まさか、お金なんて貴方に支払わせたりしません。私が仕立てさせた服を着るのが報酬です」

これは……なんだかんだ私に際どい衣装を着せようとしているとしか思えません。ウサギの衣装が脳裏に甦（よみがえ）ります。契約破棄しないとどんでもないことになりそうです。

「やっぱり報酬に納得いきませんので破棄します」

「私は有能ですよ？」

「……知ってます」

会話しながらあっという間に距離が縮まります。もう私はラメル様の腕の中に閉じ込められてしまいました。

「また貴方に似合う衣装を作りたいな」

「ま、まともな衣装なら……」

「貴方は何を着ても綺麗（きれい）ですよ」

「そ、そういうことではなく」

「それにしても、劇場の亡霊(ファントム)とは……なかなか興味をそそる響きですね。皆が面白がって噂を流すのがわかります。私が亡霊になったら貴方に付きまといますけどね」

もちろん亡霊だってラメル様なら側にいて欲しいですが……。

「滅多なことを言わないでください。一秒でも長く私とローダの側にいてくださらないと困ります」

「それは、愛しているから？」

「ええ。愛しているからです」

「私がいないと困る？」

「……困るというか、寂しくて死んでしまうかもしれません」

少し想像しただけでも、鼻の奥がツンとして悲しくなります。私がそう言うとギュウギュウ抱きしめられたので、私も抱き返しておきました。

自然とそのままキスを交わして……今夜も一つに溶け合いながらこの幸せに浸るのでした。

＊＊＊

「よーし、その役、私が引き受けます！　ベルの故郷に行っていろいろと情報を聞き込んできます。聞けばベルの田舎は私の故郷に近いところですからね」

昨晩のラメル様のアドバイスを伝えるとオリビアが胸を叩いてそう言いました。

「その間のフェリ様の世話はベルに任せたわ！」

「えっ、そんなっ。オリビアさん。故郷へはわたしが戻ってもう一度聞けばいいことですから……。それに、侍女のお仕事を一人でちゃんとできるかどうか」

「ベルは舞台の練習があるからここから離れるのは無理じゃない。大丈夫よ、フェリ様は元侍女、それも王妃様付きで王女様にもついていた優秀な人なんだから、わからないことはすべて教えてくださるわ！　ねーっ」

「オリビア、一人で行くなんて何かあったらと心配です」

「フェリ様がちょーっと旦那様にねだってくださったら、武術の嗜みのある、有能な執事さんと行けるのですけど」

「……貴方、ラメルに魂を売り渡したのではないでしょうね」

「そんな、まさか。私は貴方の親友よ。でも、ラメル様が新しいご衣装の注文をなさったのは知っております」

「……ああ」

「大丈夫！　仮面パーティ用のご衣装ですから」

「仮面パーティ？」

「パーティはまだ企画も出ていませんが、いずれ開催するつもりで衣装だけ作るそうです」

仮面……きっと劇場の亡霊（ファントム）の話からイメージしたに違いありません。ラメル様はとことん楽しむつもりでいらっしゃる……。ああ、きっと回避できそうもありません。

結局はルンルンしているオリビアのために私は一肌脱ぐはめになりました。

しかし……最近どうも私を魔王の生贄（いけにえ）に差し出す人が増えた気がするのは気のせいでしょうか。

「こんなに協力してもらって、フェリ奥様にも良くしていただいて、本当に、どうしていいか」

私たちのやり取りを見ていたベルが申し訳なさそうに言います。これも舞台を成功させるため、というよりはきっとベルの人柄に惹（ひ）かれたからです。

「貴方は、お父様がひどい人じゃないと信じているのでしょう？」

「……甘い考えだと思います。叔母にも散々、あの男はクズだと言われていましたし、実際、王都に出た父がお金を送ってくれたのは一回だけですから。でも母の記憶の中の父は優柔不断で情けない感じでしたけど、母とわたしを愛していました。母の言葉を信じるなら『犯罪』なんてできる人ではありません。もし、そうだとしたら理由があるはずです。母はずっと父を想って亡くなりました。父に会えるのなら、母が最期まで愛していたと伝えたいです」

「……そう」

「フェリ奥様……」

「なんでしょう」

「わたし、覚悟はできています。半年と少しずっと捜して、わたしが舞台に立っても名乗り出なかった父です。でも……こんなに皆様の手を煩わせてしまっていますが、すみません、諦めきれません。わたしは納得できるまでとことん捜すつもりです。その、叔母との約束の期限までは」

「どんな結果でも受け止める決意をしているのですね」

「真実はわたしに前に向く勇気をくれると思っています」

真っ直ぐベルが私を見ました。彼女はとっくに覚悟を決めて捜していたのでしょう。ラメル様もベルの父親は何か問題が起きていなくなったと考えた方が自然だと言っていたのです。

愛する家族が行方不明で、見つからないからといって簡単に「亡くなった」とは思えないでしょう。優しい記憶があるなら尚更、確証もなく受け入れられることではないはずです。ましてベルは母親を見送っています。どこかで父が生きていているのではないかという気持ちが、きっと今彼女の心を支えているのではないでしょうか。

そっとベルの頭を撫でるとベルが下を向いて肩を震わせました。

「もしも、皆様にご迷惑をかけるような結果であれば……その時はわたしを捨ててください」

か細い声が聞こえていて、堪らなくなった私はベルを抱きしめました。

「大丈夫よ。どんな結果でも、貴方らしく生きていけるように皆でサポートするわ。なんたって私たちはベルのファンですからね」

「フェリ奥様……」

「さあ、劇場に行く支度をしましょう。思い残すことのないように、できることはしておかないと」

「……はい」

「私は、貴方に私の役を演じて欲しいって心から思っているわ」

そう告げるとベルは私をきゅっと抱きしめ返してきました。

5　未熟な姫様と騎士は互いに想い合い歌う

馬車に乗って劇場に向かうと落ち着いたのかベルが身の上話をし出しました。いつもより饒舌で、ただ聞いて欲しかったのでしょう、私は時々相槌を打ってその話を聞いていました。

「父のことは、おぼろげにしか覚えてないんです。覚えているのは父の誕生日に川の近くに咲いていた青い小さな花をたくさん集めてプレゼントしたことくらいで」

「青い花？　川の近くなら……ええと、ワスレナかしら」

「そう！　そんな名前です。やっぱりフェリ奥様は物知りなんですね」

「可愛いお花ですよね。きっとお父様も喜ばれたでしょう」

「それが、喜びすぎて、一生の宝物にするってジャンプしながら振り回して、勢いよく落としてしまったんで覚えているんです……」

「……」

「三歳だったわたしの記憶はそのくらいで、後はほとんど母の記憶の父なんです。よく聞かされていましたから……役者になりたかった父は家を飛び出して、あの劇場のオーディションにチャレンジしていたそうです。で、その時観劇に来ていた母に一目ぼれして声をかけたらしいです」

「まあ、一目ぼれだったのですね」

「観覧席には、平民だけが許されている安い立見席があるんです。母に父との馴れ初めを何度も聞いていて、王都に来たら一番に観ようって決めていたんです。田舎から出てきて、初めて劇場を見た時の驚きったらなかったです。こんな大きな建物があるのかって」

「ふふ。私も田舎から出てきた時は都会の建物の大きさに驚きましたよ」

「……わたし、あの家を早く出たかったんです」

「叔母様の家ですか？」

「はい。元々は母も住んでいたそうですが、結婚して母は家を出て、その間に祖父と祖母が亡くなって、独身の叔母が家を引き継いだそうです。わたしがお腹にできたことがわかって、父は役者を諦めました。それで仕事が決まるまでの間同居させてもらってたんですって。でも、わたしを産んでしばらくして母は病気になってしまいました。田舎で父は仕事を見つけられず、結局は母の薬代を稼ぐために王都に出たんです。叔母は祖父から受け継いだ小さな商店をしていて、母は手先が器用だったので、体の調子がいい時はベッドの上で内職して帽子や鞄を作ってました。わたしも手伝っていたんですよ。でもそれで稼げるお金はわずかで……ほとんど叔母に薬代と生活費を出してもらっていました」

「それで借金をしたというのね」

「ええ。叔母には頭が上がりません」

ベルの話を聞く限りでは、独身で家に残った叔母が両親からの遺産をすべて引き継いでしまっているように聞こえます。確かに叔母はベルとその母親に援助していたかもしれませんが、ベルの母親にも家や小さな商店を引き継ぐ権利はあったのではないかと思うとモヤモヤしてしまいました。

しかも、借金を返すのは当たり前だったとしても、自分の姪を脅して嫁がせるなんてまともな人間だとは思えません。

「叔母様はお父様のことを悪く思っていたのよね？」

「役者なんてお金にもならないものを目指していた、顔だけいいロクデナシだって言ってました。だから、わたしも初めはエキストラのオーディションなんて受けるつもりはなかったんです。でも初めて観た舞台がすごく素敵で、オーディションを受けに行ったら役者さんに会えるかも、って軽い気持ちで劇場に行ったんです。そしたら運よく受かってしまって」

コニーにベルはとびぬけて歌が上手かったので抜擢されたと聞いています。どうやら本人は運が良かったと本気で思っているようです。

「両親が出会った場所だからか、あの劇場はわたしにすごく優しい気がするんです。だって、役をもらえるなんて幸運を誰もが引き寄せられるわけではないし、それに、二階を間借りしている食堂のお仕事も劇場の張り紙で知って好条件で働かせてもらっています。こうやって憧れのアンリエッタやランドールを直に見られて、優しくしてもらって……」

「そう」

「それに寂しくなったり、失敗して落ち込んだ時に行く秘密の部屋があるんです」

「秘密の部屋？　劇場内に？」

「皆は幽霊が出るって行かないんですけど、誰も来ないから、わたしだけの部屋になっているっていうか、そこに行くと落ち着くんです」

「怖くないのですか？」

「怖いものなんて、何一つありません。あまりそういうのは気にならないので。わたし、あの劇場が好きです。王都に来て心細かったわたしを迎え入れてくれた場所ですから」

「いい出会いがたくさんあったのですね」

「はい」

きっと『いい出会い』にはアルトも含まれているのでしょう、何かを思い浮かべて赤くなって、ふんわりと笑うベルは可愛いです。母を亡くして、失踪した父を捜す彼女にとってあの劇場は心の拠(よ)り所でもあるようです。

う～ん……。

顧問探偵(ラメル様)の意見は、ベルの父親はまとまったお金が欲しかったはずで、王都に来てそれを工面するには、まず、誰かに借りる。それができなければギャンブルや犯罪を犯してもおかしくはない、というものでした。そうして、主役をするくらい有名になった彼女の元にも現れないとすれば、もう生きていない可能性もあると……。『深入りしないことをお勧めしますが、もう貴方(あなた)はベルに思い入れをしていますからね』。そう心配したラメル様の声が頭に響きます。私も皆もわかっているのですが、ベルを見ているとつい、私情を挟んでしまいます。どうか、ベルが胸を張れるような結末になるようにと祈るしかありません。

＊＊＊

劇場に着くとベルは稽古に向かう準備で私の側（そば）を離れました。私はコニーと合流してから稽古場を覗（のぞ）かせてもらう予定でした。いつものように部屋に入るとコニーはすでに来ていました。ですが私を見て渋い顔をしていました。

「脅迫文が稽古場の方にも届いたの。舞台監督がもう一人主役候補を立てて稽古をしてくれって言ってきたわ。もしものことがあると不安だから、許可してきた。午後から緊急にオーディションをするわ」

ため息交じりにコニーが言いました。

「そうですか」

「元々舞台監督のサージェはベルが気に入らないの。『ポッと出の考えなし』って言って毛嫌いしてるわ。でも、仮にベルの父親が本当に犯罪者なら大きなスキャンダルだからね。そうなったらフェリのイメージアップどころじゃなくなる。ベルを主役から外さないとソテラ様は劇の公演自体考え直すでしょうね」

「まだ何も解決していませんし……。オリビアが良い情報を持って帰ってきてくれるのを待つしかないですね」

「なんにもなくても、もぎ取ってきそうな勢いで出かけたけどね……」

確かにそれくらいの勢いでした。何せベルの肩を一番持っているのはオリビアですから。そんなオリビアのことを思い浮かべていると激しくドアが叩かれました。

ドンドンドンドン

ドンドンドンドン

「コニー奥様、大変です」

「どうかしたの？」

血相を変えて来たのは美術スタッフの一人でした。

「また、ベルを狙ったように上から植木鉢が落ちてきたんです。それで、庇ったアルトが怪我を……」

「えっ！」

それを聞いて急いで私とコニーは稽古部屋へと向かいました。稽古場に着くとシャロンがベルに向かって泣き叫んでいました。

「どうして、どうしてアルトがあんたを庇ってこんな目にあうのよ！　疫病神！　触らないで！」

シャロンは頭から血を流すアルトを抱えて、ベルをけん制しています。

「早く、担架を！　シャロン、アルトをこっちに渡せ！」

「アルト！　アルト！　返事をして！」

「シャロン！　頭を動かすんじゃない。下がってくれ」

シャロンが抱えていたアルトを男の人たちが担架に乗せました。目の前で担架に乗せられたアルトが運ばれていきます。ベルはそれを青い顔をして見ていました。

バシッ！

「シャロン！　何するの！」

アルトが運ばれたのを見送ったシャロンがベルの頬を叩きました。ベルはその衝撃で尻餅をついて、そのまま座ってしまいました。

「いつも、いつも、アルトに守ってもらって、当然みたいな顔をして！　どうして、アルトが怪我なんてしなきゃいけないのよ！　どれだけ努力を重ねてアルトが役者をやってると思ってんのよ！　あんたみたいに何にもしないで主役をもらった人間なんかにわかりっこないわ！」

シャロンに何を言われてもベルは黙っていました。よほどショックだったのでしょう、殴られた頬を押さえながらうつろな目をしています。

「自分が何をしたのかわかっているの⁉　貴方も役者の付き人をしているなら、役者の頬を叩くってことがどれだけの罪かわかるはずよ」

ベルを庇うようにコニーが立つとシャロンが唇を噛みました。

「何があったか説明して」

コニーは私たちを呼びに来た男の子に詳細を尋ねました。

「それが、あの上の窓から小道具で使う植木鉢が落ちてきたんです。下にはベルがいたんですが、それに気づいたアルトがベルを庇ったんです」

頭から血が流れていたアルトを思い浮かべます。あんなに高いところから落ちてきたのなら、相当な衝撃だったはずです。

対座するコニーとシャロンの横をすり抜けて私はベルのところへ行きました。座ったままブルブルと震えているベルの体を確認します。頬が赤い以外は見たところ外傷はないようです。そのまま、落ち着くように腕をさすりました。

「コニー奥様、お願いです。皆、怖いって言っているんです。だって『犯罪者の娘』だなんて脅迫文を送られて、命まで狙われているんですよ？　ベルを配役から外してください。これ以上、被害が広がる前に！」

シャロンはコニーに懇願しました。それを聞いてコニーは見たこともない険しい顔をしました。

「脅迫文と植木鉢の犯人が同じだとは限らないわ。『犯罪者の娘』だからってどうして命が狙われるの？」

「そ、それは……役を降りるように……」

「そうだとしたら随分強引な犯人ね。それに、舞台監督のサージェとは姫役のオーディションをすることで話がついているわ」

「それこそ、オーディションをするならベルを降ろしてしまえばいいんです」

「……いつから？」

「え？」

「いつからアルトの付き人でしかない貴方が配役に口出しするようになったの？　不愉快だわ」

「……すみません」

「サージェ、ベルは私が連れて行くわ。アルトの病院の手配もしてくるから後はお願いね」

「わかりました、コニー奥様」

「あ、あの！」

「何かしら？」

「出すぎた真似(まね)をして申し訳ありませんでした」

シャロンの言葉にコニーは何も答えませんでした。コニーがこんなにも不機嫌なのを初めて見ました。確かにアルトが心配だったとしても、付き人の彼女が配役に口を出すのはあまりいいことだとは思えません。

「フェリ、ベルを任せていい？　私はアルトの病院の手続きをしてくるわ」

「ええ。落ち着いたら二人でそちらに向かいます。ベル、立てますか？　頬を冷やしに行きましょうね」

コニーの背中を見送り、声をかけてベルを立たせて稽古場を離れました。廊下を歩き出した頃にベルの目からぽろぽろと涙が零れ落ちました。

「アルトは大丈夫だべが……」

「心配ですね。後でお見舞いに行きましょうね」

私の差し出したハンカチで目を押さえてもベルの涙は止まらないようでした。

そうして私はベルの頬を冷やし、落ち着かせてからアルトのいる病院を訪れました。

「アルト!」

病室に入り、アルトの姿を認めたベルが駆け寄りました。アルトは頭に包帯を巻いていましたが、上半身を起こしてベッドの上に座っていました。

「はは。包帯が大袈裟なだけで結構平気なんだよ。血もすぐに止まったし」

下を向いたベルに優しく言うと、アルトは彼女の頭を撫でました。

「ごめんなさい……わたしを庇わなければ怪我なんて」

「ベルと一緒に避けられたらよかったのに、俺がどんくさかっただけだよ」

「わたしのせいだ……」

「あれ? 頬が腫れてるじゃないか。倒れた時に打ったの?」

心配するベルの頬が赤くなっているのを見てアルトが尋ねました。躊躇するベルに代わってそれに答えたのはコニーです。

「……それは、シャロンが叩いたのよ」

「どうして！」

「あの、あのね、シャロンはアルトが心配で気が動転したのよ」

「だからって叩く必要なんてなかったはずだ！　……ッテテ」

「アルト、気持ちはわかるけど、今は興奮しちゃダメよ。シャロンは私がもう一度叱っておくから」

「……お願いします、コニー奥様」

「アルト、痛い？　ごめんね。わたしが狙われていたの。姫役にふさわしくないから」

「ベル……俺が『恋の嵐』で一緒に演じたいのはベルだよ。君となら最高の舞台にできるって思ってるんだ」

二人のやり取りを見てから私はコニーを見ました。これは、どう見ても二人は恋人のような雰囲気です。特に、アルトがベルを見る目はとても愛おしいものを見るようでした。

「ベル、アルトの傷は数日したら塞がるってお医者様が言っていたわ。でも一度は気を失ったから今日は念のためにこのまま入院するの」

「わたし、ここにいてもいいですか？」

「ええ。アルトの面倒を見てあげて。受付でそう言って帰るわ」

「コニー奥様、フェリ奥様、ありがとうございます」

今にも涙が零れそうなのを我慢して、私たちにそう告げるベルがいじらしいです。本当はベルが一番不安で仕方なかったでしょうに。きっとアルトが上手くフォローしてくれると信じて、私たちは病室を離れました。

「アルトがいるならベルは安心ですね」

「ええ。アルトはベルが好きだしね」

「いっそ、恋人にはならないのかしら」

「うーん……きっと両想いなんだけどね、アルトはほら、あの通り美男子だからモテるのよ。付き人のシャロンだってアルトが好きだからね。ベルはライバルが多すぎて自分には手は届かないと思ってるみたい。借金も叔母さんとの約束のこともあるし、今は脅迫文で悩んでいるでしょう？　いろいろと問題を抱えてしまっているベルはアルトの気持ちに応えないでしょうね」

「アルトは一緒に考えてくれるでしょうに」

「ベルは迷惑をかけたくないって言うでしょうね」

「なんだか、歯がゆいですね」

「ムズムズして、初々しいけどね」

二人の恋の行く先が明るいものだといいのに。そう思いながら病院を後にしました。

＊＊＊

次の日、驚いたことに舞台監督のサージェに任せたオーディションで受かったのは、コニーが予想していたベテランのステファニーでも、ソフィーでもなく、あのアルトの付き人であるシャロンでした。

「シャロンもオーディションを受けたのですね」

「ずっとアルトと一緒に役者の勉強もしていたからね。役がまともにもらえるまでは役者って貧乏だから副業をしている子がほとんどなの。シャロンもアルトの付き人をしながら外で働いていたわ」

「じゃあ、すぐに主役がもらえたベルは別格だったのですね」

「あの子は天才よ。ソテラ家でお皿を弁償するのに歌ったと聞いたわよ。オリビアが興奮して話してくれたから知ってるの。フェリも感じたんじゃない？　堂々たる歌声。でも、時には繊細で切ない表現もできる。ベルはただの役者じゃないの。その場にいる人を物語の世界に引き込む才能がある。私は『恋の嵐』を最高の舞台にしたいの。そのための主役はベルとアルトでなくちゃ」

「私もそうであって欲しいですが、脅迫文や事故が続くようならベルの精神は不安定のまま、他の役者との亀裂も広がりそうですね」

「確かにシャロンは綺麗（きれい）な顔もしていて歌もまずまずだったから、上手くいけばいい役者になると思うけど、ステファニーやソフィーを差し置くほど実力があったかしら……」

コニーはオーディションの結果に納得いかないようでしたが、舞台監督のサージェが決めたことです。コニーもベルの件はシャロンに念を押して叱ったようですし、新しい役者にチャンスはあるべきだと、それ以上は何も言いませんでした。プロの意見に口出しするつもりはありませんが、一方的にベルを責め、頬まで叩いたシャロンを私は好きになれそうもありませんでした。

ベルの父親捜しも進展せず、脅迫文にこの事故です。現場はいい雰囲気とは言えないものになっていました。そして、なぜかシャロンが自分一人がヒロインで間違いないとでもいうような態度をとるようになったのです。

その頃にはベルもソテラ家での侍女見習いを終え、食堂の二階の部屋に戻ると本格的に稽古を始めていました。そうしないとコニーの出産までになんとか形を整えることはできません。しかし、アルトがベルを庇って怪我をしてから稽古場はベルにとって針の筵でした。

その日はコニーが定期健診でお休みだったので、稽古を見に行く必要はなかったのですが、気になって差し入れだけをしに稽古場へ向かいました。すると、稽古場にベルが見当たりません。少し捜すとベルは劇場裏の非常口の階段に座っていました。しゃがんでいるその姿が寂しそうで思わず駆け寄ろうとすると、私より先にそれに気づいた人物がベルのところへ向かいました。

「ベル、今日はもう稽古場には戻らなくていいよ。コニー奥様が来ない日は監督が特にベルに辛くあたるから」

「……少しだけ休んだら戻るから。だから、アルトは先に戻って。きっと時間が経てば監督の怒りも収まって、シャロンのイライラも落ち着くと思う」

「あれは、完全に八つ当たりだよ。自分が上手くできないのをベルのせいにしているだけだ。シャロンはベルを大して下積みもないって言うけど、人一倍努力しているのを知らないんだ。俺から言わせてもらえばシャロンは台本の読み込みも甘いし、発声練習も足りない」

「でも、監督は主役はシャロンがいいと言っていたし……。アルトだって、幼馴染でよくわかっているシャロンの方がやりやすいでしょう？」

「俺はベルのアンリエッタ姫の方がいい。どうして監督がベルよりシャロンを推すのか理解できない」

「仕方ないよ。『犯罪者の娘』なんて言われて皆に迷惑をかけているのはわたしだから。でも、コニー奥様も、フェリ奥様もわたしが主役でいいって言ってくれたの。オリビアさんもあんなに熱心に言葉遣いもマナーも教えてくれた。だから、父が潔白なら一生懸命その気持ちに応えたいって思ってる」

「じゃあ、ベル、ここで俺と二人で稽古をしようか」

「アルト、貴方は主役よ？　早く戻った方がいいわ」

「俺のアンリエッタ姫はここにいるんだから、ここでいいよ。それに、昨日届いた曲はもう暗譜しているんだろ？」

「うん」

じっと二人の会話を聞いているとお互いへの思いやりが窺(うかが)えます。それに、今の会話から推測すると舞台監督がベルに辛くあたっているようです。本当は辞めるつもりだったのに、ベルは辛い思いをしても、私やコニー、オリビアのことを思ってなんとか役を引き受けようとしてくれているのです。私は感動しながらも、すっかり出るタイミングを逃してしまいました。しばらくすると二人の歌声が聞こえてきました。

貴方のその黒い髪に合わせた房飾りを
どうか受け取ってください
私に心を開いて欲しい
貴方を愛しいと思っているのに
それを伝える術(すべ)がない
ああ、貴方の身分など気にしていないのに
魂は一つであったはずなのに

姫役のベルが切なく歌い上げます。なんだかあの二人、いい雰囲気です。ますます応援したくなる気持ちになりました。しかし、歌を聞いているうちに、自分の出来事と歌詞が重なると猛烈に恥ずかしくなってきて聞いていられません。ここはアルトに任せておけば大丈夫だと判断して、その場を離れました。

　黒い髪に合わせた房飾り、になっていましたが、あれはラメル様からの初めての贈り物、珊瑚の薔薇の揺れる髪留めをもらった時のエピソードを騎士役に替えてコニーが書いたものです。今でもあの時のことは忘れられません。私はラメル様を思い出して耳が熱くなるのでした。

　そうして舞台監督がベルに辛くあたっていることはもちろんコニーに告げ口しました。次からはできるだけ稽古に参加して様子を見ることになりました。コニーが劇場に行けない日は私が代わりに稽古の様子を見に行きます。

　その日は劇場の入り口でちょっとした騒ぎがありました。今の時間は劇場も次の演目に向けてお休みしているのでお客さんではありません。立ち止まって見ると劇場の入り口で騒いでいるのは女の人でした。

「わたすはベルの叔母なのよ！　はえぐベルを出しなさい！」

訛り言葉の茶色い髪をした恰幅の良いご婦人です。強行突破しようとしたところを警備の人に止められていました。その際も『ベルを呼べ』とずっと喚いていました。騒ぎを聞きつけたベルはその顔を見て驚いていました。

「叔母さん……どうしてここに？」

「こざかしぇごどして、許さねぁわよ。おめには結婚してもらわねぁどいげねぁんだんてね！」

「あの、すみません、わたしの叔母なんです。叔母さん、外で話しましょう」

怒鳴り散らす女の人をベルは劇場の外へと連れて行ってしまいました。その様子を見て気になりましたが、あっという間にいなくなったベルについて行きようもなく、心配しながらもすぐに帰ってくるだろうと私は稽古場へ向かいました。


「稽古を放り出して、どこへ行ったんだ！」

稽古場に着くと舞台監督がベルがいなくなったと腹を立てていました。

「ベルは叔母様が来たので少し席を外したのです。稽古はシャロンからすればいいのではないですか？」

私が言うと舞台監督は黙りました。一応コニーが自分の代理だと伝えてくれているので私の意見は無視できないようです。

「シャロン、二幕からだ。用意してくれ」

「待って、私からだなんて聞いてないわ」

シャロンが中央に出て稽古が始まります。ベルの稽古を見てからしようとしていたのか、シャロンが不満そうにしていました。

「おい、いい加減にしろよ。ベルと対等にヒロインの座を争うなら自分の芝居をやれよ」

「何よ！　あんたたちがベルと比べるからでしょう！　感じが悪いったら」

　年配の役者がシャロンに意見すると彼女はふくれっ面になりました。

「シャロン、稽古が進まない。早くしよう」

　アルトが言うとしぶしぶといったふうに稽古が始まりました。

　確かにシャロンは綺麗な顔をしていますし、歌も悪くないように思いますが、どうしてもベルと比べてしまいます。ベルは舞台稽古までには自分の役柄はもちろん端役までセリフや歌のパートが頭に入っているのです。

　そのまま演技に入りましたが、明らかにやる気のそげたシャロンの態度に場の雰囲気は最悪です。

「……ベルが戻るまで休憩する！　全く！　あいつときたら！」

　上手くいかなくなった稽古をベルのせいにして舞台監督が休憩を取りました。その声がかかった途端、アルトが稽古場を出ようとしました。

「アルト、どこに行くの？　まさか、ベルの様子を窺いに行くつもりじゃないよね？」

「そうだけど」

「行かないでよ。あんな子放っておいたらいいのよ。皆に迷惑かけて、稽古を中断させてさ。姫役を降りて田舎に帰ったらいいのに！」

「……少なくともシャロンよりちゃんと稽古もしてるだろ。何を怒ってるんだよ。エルランドさんは姫役は二人いてもいいって言ってたんだろ。どうしてそんなにベルを降ろすことに必死なんだよ。歌も演技もベルの真似ばかりしているくせに」

「私は真似なんかしてない！」

シャロンはそう叫びましたが他の役者たちは苦虫を噛みつぶしたような顔をしていました。

「稽古を抜け出して申し訳ありません」

そこへベルが戻ってきました。勢いよく皆に頭を下げたベルにホッとした空気が流れました。


「叔母様はどうしたのですか？」

無事に稽古が終わると私はベルに駆け寄りました。

「ああ、あの、お金を渡して帰ってもらいました」

私の問いにベルは情けなさそうにそう答えました。

「え、お金？」

「王都で遊んで帰ると言っていました。きっと、しばらくは来ないと思います」

「本当にどうかしている叔母様ね！　貴方にお金の無心に来るなんて」

「借金の利子だって言ってました。叔母には母のお墓を頼んでいますので……」

ベルの言葉にため息が出そうです。卑怯にも今度はベルの母親のお墓の話を持ち出しているのです。

「でも、どうしていきなり劇場に来たのかしら。約束までには二カ月半あるし、オリビアがコニーに預かったお金を渡したはずよ？　貴方の借金はコニーに返すことになったし、もう嫁がなくて済んだはずでしょう？　あのオリビアだもの、ぬかりなく手続きをしているはずだわ」

「オリビアさんはちゃんと書面にして叔母と話をしてくれたようです。でも叔母は納得いかなかったみたいで、もらったお金を使って王都まで来たんです。その、わたしが嫁ぐ話もなくなっていないと言われました。働いていた食堂にいないとわかって劇場に来たみたいです」

「はあ。どうしようもない人なのね」

「すみません。叔母と話をつけます。劇場にもご迷惑をかけるといけないので……」

「ベルが謝る必要はないですよ。叔母様のことは何か手を打ちます。心配しないで。ベルは私の元侍女なんですから、主人の私が守るわ。そうだわ、ソテラ家に戻ってきたらいいわ」

「フェリ奥様……。ありがとうございます。でも、毎日覚えることも多くて、稽古にはこちらの方が近くて都合がいいんです。約束の期限もまだありますし、アルトもいます。いざとなったら劇場に泊まりますから」

「でも……」

「本当に困ったら、奥様にお願いします」

そう言われてしまうと、もう何も言えなくなります。まさか、劇場までやってきて姪っ子にたかるなんて信じられない人です。叔母のせいでこんな思いをするなんて、ベルを可哀想に思いました。

6 報酬には厳しい顧問探偵

次の日、オリビアがなんだか充実した顔をしてダールさんとソテラ家に戻ってきました。用事があって来られなかったコニーには後で説明することにして、さっそくその報告を劇場でベルと聞くことにしました。しかし、報告の前にベルの叔母の訪問を聞くと、怒りでオリビアの顔が真っ赤になったのです。

「なんて人なの！　コニーからもらったお金で借金は全部返してきたのに！　その時だって、利子だのなんだのごねるから金額を上乗せしたのよ？　さすがにないわーって思ったらダールさんがビシッと言ってくれてね。ちゃんとした書類を作ってサインさせたのよ。ほら、ベルよく見なさい、借金は返したし、貴方（あなた）は自由よ」

そう言ってオリビアがベルの叔母のサインの入った書類を見せてくれました。

「でも叔母は納得がいかないって、恩を返せと、劇場まで訪ねてきて結婚しろと……」

「ベルは嫁がなくてもいいのよ！　あんの、クソばばぁ」

「……オリビア、言い方」

「……う○こ叔母様」

「……」

　ベルの目の前の教育係に注意をしましたが、怒りのためにそれどころじゃないようです。

「いい？　ベル。貴方はコニーに借金を返せばいいのよ、貴方にできるのは役者として頑張って舞台を成功させることよ」

「オリビアさん……」

「劇場へはコニーに言って叔母様を立ち入り禁止にしてもらいましょう。お金がもらえないって知ったらきっと田舎に帰るわ。もうお金は渡しちゃダメですよ」

「……はい」

「とりあえず、叔母様の方は毅然とした態度で撃退しましょう。で、ベルのお父様の新しい情報は何かあったのですか？」

　満足そうにして帰ってきたオリビアの情報を早く聞きたいです。

「それが、ベルの叔母に聞いても『クズ』だの、『情けない』だの、『使えない』だの暴言ばかりでね。でも、周りの人に聞き込んだら、断れない優しい性格の人だったみたい。それで時々トラブルが起きていたけど、妻子を大事にしていたって言っていたの。とても犯罪なんてできる人じゃないって皆口をそろえて言っていたわ」

　それを聞いて少しホッとしました。優しいベルのお父様が犯罪を犯したとは思いたくありません。

ベルも自分が褒められたように照れてその話を聞いていました。

「ベルの父、ロナルドは元々王都の時計職人の息子だったの。職人になるために修業していたらしいんだけど、観劇にはまって、役者になるって言って家を出たそうよ。で、ラメル様の読み通り、一度ロナルドはお金を借りに実家に戻っていたわ」

「ベルはその話を聞いたことはあるのですか？」

「いいえ、父は役者になるために家を捨てたとしか聞いていません」

「実家は弟さんが継いでいたの。まとまったお金を手切れ金にして渡して、絶縁したって言ってたわ。だからその後の消息は不明ね。時期も考えるときっと、ベルのお母さんのところに一度来た手紙に入っていたお金がそのお金だったんじゃないかしらね」

「その後の消息は不明なのですか」

「うん。でも、手がかりがあったの。あの劇場にお弁当を届ける仕事をしていたそうよ」

「……お弁当？　役者じゃなくてですか？　父はエキストラでもなかったのですか？」

「そう。役者じゃなかったの。そっちの才能は残念ながら全くなかったみたいよ」

「だから役者の人に聞いても誰も知らなかったのですね」

これで二つも顧問探偵の言う通りです。ショックだったのかベルは黙ってしまいました。

「十三年前のお弁当配達員だからね……知っている人がいるかどうか」

「けれど、お弁当の配達員では、王都で自分が食べていくのがやっとですね」

妻子にお金を送りたかったはずです。次に予想されるのはギャンブルに犯罪……。

しかし、オリビア……充実した顔で帰ってきたから、てっきり重要な手がかりを手に入れたのかと思ったのですが（いえ配達員だった事実は大きな収穫ですが）、どうやらダールさんと出かけられたことに満足した様子です。まあ、いいのですけど。

「さて、次はどう動けばいいかしらね」

「そうですねえ……」

「顧問探偵にお聞きしては？」

「オリビア、すぐに頼るのはよくありませんよ。少しは自分たちで考えないと」

「でも、ラメル様にお聞きした方が早くて正確じゃないですか。変に抵抗せずに、素直に初めから頼った方がフェリ様も最小限のダメージで済みますよ。どうせ、ラメル様が頼んだ衣装は仕上がってくるのですからね」

「……うう、今夜聞いてみます」

それから屋敷に戻ってニヤニヤと笑うオリビアに渡されたのは、ラメル様のお気に入りのメイド服でした。

――ひどい！

しぶしぶ用意して待っていると寝室に入ってきたラメル様は私の格好を見て立ち止まりました。

やっぱりこんなの、どうかしてます。

「今日はご主人様にご相談があって。その、これが報酬です」

「その報酬は前払いですか？」

「……後払いです」

「では、ご要望を先にお伺いします」

「要望といいますか。顧問探偵のご意見が欲しいのです」

そうして、私はラメル様にオリビアがベルの故郷とロナルドの実家に行った話をしました。

「……なるほど。それで今後どうするか聞きたいと」

「はい」

「そうですね。あくまで私なら、ということになりますが、いいですか？」

「もちろんです」

「私なら次に当時の新聞を調べます。その時に何か小さくても事件が起きていればかかわっている可能性もありますし、お悔やみ欄があるのを知っていますか？　少し裕福な人ならお悔やみのメッセージをもらっている可能性がありますから当時死亡した人がわかります」

「もしも、何か事件に巻き込まれていたとしたら、その中の事件である可能性もあるということですね。新聞ならコニーの旦那様に聞けばわかりそうです」

なるほど、とメモを取ります。なんだか探偵の助手になった気分です。

「フェリ、首を突っ込むのは仕方ないと思っていますが、調べるのは他の者にさせてください。貴方が危険な目にあうならこれ以上の協力はしません。それどころか……」

「そ、それどころか？」

「大切な貴方をどこかにしまってしまおうかな？」

ラメル様の目が本気です。これはダメなヤツ……過去のお仕置きが脳裏に浮かんで震え上がります。

「け、結果報告だけ聞くに止めます。危険なことはしません」

「約束ですよ」

「はい」

「では、報酬を」

「え、もう!?」

「他に聞きたいことがありますか？」

「それは、まだ……？」

「まだって、なんですか」

すぐに距離を詰められて、頭につけたヘッドドレスを外されました。

「外すのですか？」

「ウサギも可愛いと思っていましたが、黒髪の貴方は猫も似合うと思ったのです」

「は？」

いつから準備されていたのか、私を抱き寄せたまま、後ろのベッドサイドの机の引き出しからラメル様がカチューシャを取り出しました。カチューシャには黒い耳がついています。用意周到すぎます！

「ああ、とてもよく似合います。可愛い」

手際よく私を下着姿にしたラメル様は満足そうです。するとお尻に回った手が何かを揺らしました。揺れる？　不思議に思い、後ろを向いてみると黒くて長いしっぽがついていました。よくよく思い出してみれば、元々持っていたメイド服とはデザインが違っているような……。

ま、まさか……オリビア！

「ロックウェルの案で、このしっぽは下穿き（したば）と繋（つな）がっているのです」

嫌な予感しかしません。そういえば、いつもと違う下着をつけさせられたのを思い出します。恐る恐る見上げるとラメル様が私の反応を見ながらしっぽを引っ張りました。

「ひうっ」

ラメル様がしっぽを引くと、私の下穿きがキュッと食い込みます。その刺激に声を上げてしまいました。何、この仕様……お、恐ろしい。

「ちょうど貴方の敏感な場所に真珠が当たるようになっているはずです。どうですか？」

「ど、どうですかって？　え、ちょっ、ああっ」

ラメル様がしっぽを動かすたびに下着の装飾だと思っていた真珠の連なっている部分が布上から私

の敏感な突起を往復します。思いがけない刺激に目の前のラメル様のシャツをギュッと握りました。

「気持ち、いい？」

「あ、はあ、ん、ん」

繰り返される刺激にラメル様に慣らされた体が反応してしまいます。じわり、と体の奥から蜜が溢(あふ)れてくるのを感じます。

「可愛い黒猫さん。もっと感じさせてあげますね」

慣れた動作で私の胸の谷間に指を入れたラメル様がすぐに私の胸を外にさらしてしまいます。なぜか服を引き下げる時だけ強引なので、露出した胸がフルフルと揺れます。

「フェリ、口づけを」

言われるがまま、キスをします。その間もしっぽを引かれて息が絶え絶えになります。ラメル様の熱い舌が私の口内を犯し尽くします。

「はあ、はあっ……」

「そろそろ、中が寂しくなってきたかな？」

長い指が私の下着のラインを確かめるように動きます。やがて下りてきた指が下穿きを横にずらして侵入してきました。

「もう、こんなに？　ふふ。可愛い黒猫さん。さあ、たくさん鳴いていいですよ」

ちゃぷちゃぷと零(こぼ)れ出てくる蜜に気を良くしたラメル様が、膣(なか)に指を潜り込ませて勝手知ったる箇所を刺激しました。

「ひぅっ……あっ、んんっ」

「今日は上に乗ってくれますか？」

「はっ……はい」

寝転がったラメル様に誘導されて、グズグズになった体をなんとか動かして上に乗り上げます。教え込まれたように片手で反り返っている肉棒をそっと掴むと、入り口に当てて私の中に収めました。

「くうっ……」

ぴったりと深く繋がるとラメル様の余裕のない声が聞こえて、少しだけ嬉しく思ってしまいます。私だけが翻弄されているわけではないようです。

「繋がっているところを見せてください」

顔をこちらに上げたラメル様にお願いされて、ずらしていた下穿きをさらに横に引きます。自分で見せつけていると思うと指が震えてきました。

「は、恥ずかしいです……」

「そんなこと、言っていられなくなりますよ。後ろに手をついて、足を前に出してください」

「こ、こう、ですか？」

ラメル様を跨いで対面で膝を立てた格好になると、まともに繋がっているところが見えているはずです。見られている恥ずかしさに体が火照って、顔から火を噴きそうでした。

「そのまま、出し入れ頑張ってください」

「……ん、はあ、ふう……あっ……」

ゆっくりと出し入れし出すと体勢に無理があったのかラメル様が抜け出てしまいました。もう一度と片手で探り、入れ直すと、繋がったと同時にラメル様が体を起こしてきました。

「はうぅっ……あああっ」

両足を掴まれて慎重に体をそのまま後ろへ倒されます。お尻が浮いた状態で、深く潜り込まれてもう私はされるがままです。

「ああ、もう、堪らない。可愛い……なんて可愛いんだ」

ゆるゆると動いていた腰がだんだんと速く動きます。奥を突かれるたびに私の体はしなり、口からは嬌声しか出なくなりました。

「ああっ、あっ、んくっ、ああっ」

「たくさん鳴いて……私を感じてくださいっ」

「んきゃ、ああっ、ああっ」

「ああ、キュウキュウ締めつけてきて欲しがるなんて……愛してます。フェリ、私のすべて、受け止めてくださいっ」

「っは、はああっん」

そのまま、激しく体を揺さぶられて、パンパンと打ちつけられる音が激しくなりました。もう何も考えられず、ただ、快楽に身をゆだねるだけです。

「あ、あああーっ」

駆け上がる快感の波につま先がビクンと揺れました。同時にラメル様が膣(なか)で爆(は)ぜたのがわかります。ハアハアと息を整えながらぼんやりとぬるい汗が落ちてくるのを見上げていると、ゆっくりと大切なものを扱うように私の足を下ろしてくれました。そのまま目が合うと繋がったまま下りてきた唇を受け入れました。

幸福感が広がって、きゅっとラメル様を抱きしめます。すると、ずらされていた胸当ての内側をラメル様の指がもぞもぞと探り始めました。違和感を感じて下を向いて確認すると、まるで隠してあったように下穿きと同じ真珠の装飾があります。細いリボンに通された真珠は一列に連なって外に引き出され、ネックレスのように私の胸の上にのせられました。

「こちらも堪能しないといけません。期待して、私を誘っていますからね」

「え……」

ちょっと待ってください。まさか、この真珠の飾りって……。

「こうやって刺激すると同時に虐(いじ)めてあげられますね」

こんな時に微笑(ほほえ)むラメル様……。その貴重な笑顔はこんなふうに使うものではありません。

「きゃうっ」

「できれば『ニャー』でお願いしたいです」

ラメル様が指で真珠のついたリボンを揺さぶると両方の乳首がそれにこすられて刺激を受けます。なんとしても『ニャー』だなんて絶対に言いません！

そう思って抵抗していた私でしたが、下穿きに付いたしっぽを再び掴まれて刺激を受け、同時に胸をせめられるはめに……。散々ラメル様にもてあそばれ、しまいには『ニャーニャー』と鳴かされるはめになりました。

——やはり、顧問探偵の報酬には異議を申し立てなければなりません！

＊＊＊

「うう。オリビア、あのメイド服が以前のものと違うと知っていて着せたのですね。これ以上身を削って顧問探偵を雇うと体が持ちません」

「あははは……同じような衣装だったらきっと警戒しないで素直に着てくれるって、ラメル様の作戦でしたからね。まあ、夫婦円満でいいじゃないですか。しっかし、骨の髄までフェリ様を堪能する気ですよね〜、感心するわぁ。で、新聞。確かにその発想はなかったですね。さっそくコニーに頼んでみましょう」

「ええ」

「深入りして危ないことはさせるな、と言われていますから、私が動きますからね」

「はい」

オリビアが生き生きしています。きっと何かにつけてダールさんと出かけるつもりなのでしょう。うっきうきでベルの父親のことを調べて帰ってきましたからね。

そうして、ロナルドが消息を絶った十三年前の新聞を調べてもらったところ、劇場に小火騒ぎがあったことを知ったのです。

「ああ、小火騒ぎなら覚えているわよ。ちょうど私が初めて主役をした初舞台の前日だったもの」

劇場の楽屋に役者さんが集まっている時間に、私とオリビアは十三年前の小火騒ぎを知っている人がいないか尋ねて回りました。役者さんたちとのやり取りはオリビアがしてくれます。すると、ベテラン役者のステファニーが覚えていたようです。

「何か、思い出さない？」

「あの時はいろいろ大変だったのよ。一カ月前に急に主役に抜擢されて、なんとか仕上げたと思ったらケチがついたみたいに初日前日に小火騒ぎだもの」

「主役が交代したの？」

「主役をやっていた役者が急に貴族と駆け落ちしたのよ。お陰でこっちは大迷惑。まあ、私にしたらラッキーだったけどね」

「駆け落ち……。その役者の名前とか貴族の名前はわかる？」

「うーん。役者はバルバラ。相手の貴族は……なんとか大臣の息子だとしか覚えてないわ。大人気だったバルバラはまさに恋に生きる女性でね。運命の人よーとか言ってたわ。当時のことだったらサージェ監督が覚えてるんじゃないかしら、あの時はまだ監督助手だったけど」

「小火騒ぎっていうのは？」

「それがさぁ楽屋は禁煙だってのに、こっそり煙草(たばこ)をふかした人がいたみたいでね。ゴミ箱近くから出火して、部屋の半分くらいが燃えたのよ。小道具だってあるのに慌てたわ。まあ、幸い舞台に使うものは全部別の部屋に置いていたから大丈夫だったけど。あ、ねえ、十三年前の小火騒ぎ、覚えてる？」

ステファニーが恰幅(かっぷく)の良い役者仲間に声をかけます。壮年の男性は少し考えてから思い出してくれました。

「あの時か。バルバラが消えて前の監督が青ざめていたからな。しっかし、バルバラも困った役者だった。男に入れあげるとすぐに周りが見えなくなっちまう」

「よく問題を起こしていたものね」

「今頃どうしているやら」

「案外、田舎で子だくさんで暮らしているかもね」

ははは、と二人が笑っていました。どうやら駆け落ちしたという役者さんはとってもいい性格をしていたようです。他にも質問してみましたがそれ以上は聞けませんでした。

「小火騒ぎは監督さんが知ってるってステファニーが言ってましたけど、なんだかベルに辛くあたっているって知ったら聞きにくいですね」

「そっちはコニーが来てから相談しましょう」

合流しようと足を進めていると、廊下の向こう側からちょうどコニーがこちらに向かってやってきました。

「フェリ！　オリビア！」

「コニー、走っちゃダメですよ」

何か早く伝えようとして今にも走り出しそうなコニーに二人して焦ります。

「き、脅迫文が届いたの」

「そ、それって、もしかして……」

「ほら、三人で受付の紙を細工したでしょ？　あれよ」

「では、やっぱり？」

「ええ。やっぱり犯人はこの劇場内にいる。脅迫文に使われている紙は受付のもので間違いなくて、インクは緑よりの黒。この色は女性の役者の控室のものよ」

私たちはラメル様の提案で受付の紙の端にすべて針で小さな穴をあけました。そして、黒のインクに緑を混ぜたもの、赤を混ぜたもの、何も混ぜなかったものを作り、皆が使いそうな場所に置いておいたのです。紙とインクは安いものではありません。パンフレットを挟む紙を使うとしたら、犯人は不特定多数を装ったか、あまり裕福でない可能性があります。もしも、劇場内の人間が書いたものなら、劇場にあるものを使うだろうという予想でした。

「……脅迫文の犯人は女性控室を出入りできることになるわね」

「ベルが主役になって恨んでる人なのかしら」

「現在進行形で主役を争っているシャロンが一番怪しいです」

「でもシャロンはアルトと一緒に劇場に来た娘でしょう？　ここに来たのは五年前よ？　だったらベルの父親のことなんて知らないはずよ」

「適当な言葉を並べて追い出そうと書いただけじゃないの？　ベルが父親を捜しているのは知っているんだから」

「なんの確証もなくそんなこと書けるものなのかしら」

「とにかく、シャロンを見張って、犯人ならやめさせないと」

「そうね。でもどうやって見張るの？」

「いつもアルトの側をうろうろしてるのですから、アルトに頼めばいいのでは？」

「「それだ！」」

私が提案すると二人が目を輝かせました。

それではさっそくと稽古場に向かうと、休憩中なのかアルトが隅っこに一人でいました。

「俺も、シャロンが怪しいって思っていたんです。でも、ずっと一緒に頑張ってきた同郷の幼馴染だったので、信じたい気持ちもあって……」

　相談するとアルトがそう言いました。アルトの頭にはまだ包帯が巻かれています。

「オーディションには毎回落ちていましたが、へこたれずに何度もチャレンジしていました。だから付き人にしてくれって言われて承諾したんです。戦友のつもりでいたんですが……」

「随分ベルに攻撃的だったように思ったけど？」

「俺がベルに惹かれているのが気に入らないんでしょう。シャロンには何度か告白されたけど全部断っているので」

「アルトはベルが好きなの？」

「はい。好きです」

「あら。意外とあっさり認めるのね」

「役者としても、人間としてもすごいって思ってます。それに……可愛いでしょ」

　素直に告白してにっこり笑うアルトの笑顔に心臓を打たれてしまいます。なんていうか。未熟な色気が可愛いというか、やはりアルトも役者になるべくして生まれた人のように思えます。

「あ、う。そ、そうね。ベルは可愛いわ」

「俺、こんな顔だから誤解されやすいんです。ベルは俺の歌を褒めてくれてて。俺が変なことしても、イメージと違うって失望したりしないんです。初めは変わった子だなぁって思って面倒見ていたんですけど、気になって見ているうちに優しいところとか、努力家のところとか、とにかく可愛くなって」

それを聞いて侍女見習いをしていたベルを思い浮かべます。確かに可愛く思えて不思議ではありません。思わずうんうんと同調してしまいました。

「あれ？　そういえばベルはどうしたの？」

コニーが気づいてきょろきょろと見回しました。シャロンのことを相談するには都合がよかったのですが、大抵アルトと一緒にいるベルがいません。

「それが、脅迫文がまた来たせいで、シャロンに責め立てられて、今日は稽古にはなりませんでした」

「え……」

「俺も捜したんですが、見当たらなくて戻ってきたんです。近くにある食堂の二階の物置を間借りしてたんだけど、そこに行ってもいなくて」

「あ……『秘密の部屋』じゃないかしら」

「え？」

「以前、幽霊が出ると言われている秘密の部屋があるとベルが言っていました。。辛い時はそこに行くとも。でも、どこにあるかはわかりません」

「……それって、もしかしてチケット売り場の後ろの部屋かも」

アルトが思いついた場所に私たちは向かいました。

「こんなところに部屋があったなんて」

「昔はチケット売り場の子の休憩室だったみたいだけど、皆食堂の方に行くから使ってないようです。それに、ここから低い呻き声を聞いたって噂があって、怖くて使えないのが本当の理由かも」

「あら？　鍵がかかってるわ」

「内側にかんぬきがかかってるんです。でも、こうやって……」

アルトが売り場のカウンターのペン立てにある棒を取って、ドアのすき間に入れると簡単にドアが開きました。そこは長椅子と小さな丸テーブル、壁際に本棚があるだけの部屋でした。長椅子の上に毛布の塊が見えます。

「ベル……」

声をかけても塊は動きませんでした。アルトが少しだけ毛布をずらすと頬に涙の跡があるベルが眠っていました。

「侍女見習いの仕事が終わった後も、夜の食堂のお皿洗いの仕事は続けていたんです。だから疲れているんでしょう」

「主役をもらうような役者になったのに、ですか？」

「俺たち役者は華やかなのは一時です。いつまた役をもらえなくなるかわからないですから。それに叔母さんが田舎に帰るのを条件にベルがお金を送る約束をしたようです」

「そんなっ、きっぱり終わらせるってベルの叔母に約束させたのに！」

その言葉にオリビアと驚きます。あの後ベルには内緒でオリビアがもう一度叔母に話をつけに行ったのです。それなのにあの叔母はまたベルに接触していたのです。

「今度は管理費を送らないとベルの母親の墓を壊すって脅されたみたいです」

「なんなの！　自分の姉じゃないの！　ほんと、お金を取るためならなんでもするのね！　あの女はね、ベルの母親と分けるはずの両親の財産を独り占めしていたのよ。しかもベルの母親が作ったものを売って暮らしていたのに、売り上げも取り上げていたわ。何がいろいろと用立てたよ、姉が病気で動けないのをいいことに好き勝手していただけよ。本当は借金なんて存在していなかったのに！」

オリビアが怒るのも無理がない最低さです。眠っているベルがいるのでオリビアが落ち着くように腕をさすりました。オリビアもわかっているのか私の手に手を重ねました。

「俺がもっとベルに頼ってもらえるくらい立派な役者だったらいいのに。いくら止めたってシャロンも監督がオーディションで選んでくれたからって言いたい放題だ」

長椅子の先に座ったアルトはそっとベルの頭を撫(な)でました。それはとても大切なものを扱うような仕草でした。アルトがベルのことを大切に思っているのがわかります。アルトも主役が回ってくるようになったといっても、まだ駆け出しです。若い二人には生活の余裕などないのでしょう。

「アルトは十分ベルのことを助けてあげているわ。ベルだってわかってるのよ」

「コニー奥様、ベルは主役を降りると言ってます。このままだと、監督は本気でシャロンだけをアンリエッタ姫にする気です」

「それなんだけど。私はオーディションを見てないからわからないけど、ステファニーやソフィーを押さえてヒロイン役を射止めるほどシャロンは実力があったのかしら。アルトはどう思う？」

「オーディションは監督の独断だったので俺たちは知らないんです。ただ、シャロンも頑張っていたのは確かです。ステファニーさんやソフィーさんは年齢的にキツいってこっそり皆言っていましたしね。でも、ヒロイン役に決まってからのシャロンはなぜか横暴で……未だに台本も暗記してませんし、歌もよく小節が飛んでしまいます。歌も演技もベルをお手本にしているような状態です。正直、シャロン一人のヒロインでは不安です」

「どうして監督はシャロンを……私は監督から『粗削りだけれど、この作品に対しての情熱もあるし、歌も演技もこれから伸びる』って聞いたわ。確かにそれなら、ほら、あの子はとっても綺麗な顔をしているから、様子を見てもいいかと思ったのよ。二人いるなら主役を交代制にするっていうこともできるし」

「皆、疑問を持ち始めています。それもあって、脅迫文が来た時、シャロンがあんなに騒いだのでしょう。どうにかベルに問題があることにしたいんだ。でも、シャロンが騒げば騒ぐほど、役者連中は脅迫文はシャロンが出しているんじゃないかって疑ってます」

「皆がベルを敵視していなくてよかったわ」

「ベルはどんな端役の共演者にも丁寧なんです。主役をもらっても楽屋の雑用をきちんとこなしてるし、付き人もつけてない。ベテランの役者にも、下っ端の役者にも人気があるんです。だから、シャロンと監督に不満を持っても、誰もベルを嫌ったりしていないんです。でも、ベルは皆に迷惑がかかるなら主役は降りるって……『恋の嵐』の本をあんなにボロボロになるまで何度も読んでいたベルをコニー奥様も知っているでしょう？　ソテラ家に勉強しに行っていた時、憧れの人に会えると、どんなに嬉しそうにしていたか」

ソテラ家で侍女の見習いをしていたのはたった二週間ほどですが、ベルがどんなにアンリエッタとランドールを好きになってくれていたのかはわかります。侍女の仕事も失敗もありましたが、一生懸命に頑張っていました。今、訛りもなく喋れていることが何よりの証拠です。

「とにかくアンリエッタ姫役の件は監督と話をしてみる。アルト、シャロンの見張りをよろしくね。他の役者たちにも、それとなく見てもらえるように言っておくわ」

コニーの言葉にアルトが頷いて、私たちはベルとアルトを残して部屋を出ました。きっとアルトがベルを慰めてくれるでしょう。

7　秘密の部屋と消えた死体

「コニー奥様。こんにちは」

「こんにちは。午後からのチケット販売もよろしくね」

「任せてください」

　部屋から出てチケット売り場を抜けようとした時、チケットの売り子が休憩から戻ってくるところでした。声をかけたコニーに緊張したように答えています。

「あ、奥の部屋は少しだけ役者が使っているからそっとしておいてちょうだい」

「えっ！　死体部屋に？」

「死体？　何、それ。幽霊が出るっていうのではなくて？」

「あ、いや、引退したチケット売りの婆ちゃんが言っていただけです。お、奥様は聞かなかったことに……」

「そんな不穏な言葉を聞いて放っておけないわ。どういうことか説明してちょうだい」

「あー……あの、ちょっとボケていただけですよ。奥の部屋にまだ小さなベッドが置かれていた頃に死体があったのを見たのに、人を呼びに行って戻ったら死体が消えていたって話でして。で、面白がって俺たちが死体部屋って呼んでいたんです」

「死体が消えた？」

「もう随分前の話なんです。ほんと、どうして言っちまったかなぁ……すみません」

「それって、どのくらい前なの？」

「へ？　あー……詳しいことは婆ちゃんに聞かないと。婆ちゃんが引退したのは三年前で、死体の話はそれよりずっと前で……なんて言ってたのかは、うーん……」

彼の話に私たちは顔を見合わせました。

「その、お婆ちゃんは今どこに？」

「え？　家にいるはずですけど」

「住所を教えてくれるかしら？」

「もしも、もしもよ？　死体が消えたって事件が、十三年前のベルの父親の失踪の時期と重なっていたら？」

「……それにベルの父親がかかわっている可能性がありますよね」

「さっそく、お婆さんに話を聞きに行きましょう」

「ま、待って！　フェリ、下町は危険だもの！　護衛がなければダメよ。コニーだってお腹が大きいんだから、私が行ってくるわ」

オリビアが悲鳴にも近い声で私たちを止めました。そうは言ってもオリビアだけでも危険です。下町に行くから護衛が欲しい（できればダールさんをお願いします）と私はソテラ家に知らせを出しました。

「まだせり出てもいないし、大丈夫なのに。私の方が下町は慣れているわ」

「ダメよ、コニー。妊婦に何かあったら大変だもの。ダンさんにも申し訳ないわ」

「そうよ、私たちに任せてください」

「フェリ！　貴方（あなた）のこともラメル様に頼まれてるの！　行こうとしないで」

呆（あき）れたようにオリビアが言います。そうして、ダールさんが来るかとワクワク待っていると、やってきたのは思いがけない人物だったのです。

「ラ、ラ、ラメル!?　どうして……」

「ハニー、城下では私のことはメルと呼んでください」

ハ、ハニー!?

ポカンとしている私たちに向かって人差し指を唇に持ってきて、『シーッ』とするのは茶髪のカツラをかぶって変装したラメル様でした。

「メルがどうしてここに？　お仕事は？」

「私のハニーがやっぱり首を突っ込むようなので護衛に来たんです。本日は顧問探偵の仕事で参りました」

こ、顧問探偵！　それは報酬が発生するのでご遠慮願いたいです！

「よかったですねーフェリ様」

「オリビア！　そんな棒読みな！」

「オリビア、住所をください。私がハニーを連れて行きます。今日はこのまま外出しますので、先に屋敷に戻っていいですよ」

「わかりました」

直立敬礼して応えるオリビアにコニーもポカンとして……。

「宰相補佐のソテラ様はユーモアもお持ちなのね」

と感心していました。まさか、ユ、ユーモアと受け取られるとは！

「さて、この住所なら遠くはありませんね」

なぜか用意されていた町娘の衣装に着替えさせられた私は、ラメル様に先導されて城下町を歩きます。侍女だった頃に歩き慣れていますので、本当ならラメル様より詳しいはずなのに、迷いなく歩く彼について行きました。

「では、これまでの経緯を話してください」

「はい」

歩きながらベルにまた脅迫文が届いたこと、用紙の細工で犯人が女性控室に出入りできる人物であること、舞台監督に責められて落ち込んだベルが籠った部屋が『死体が消えた』といういわくつきの部屋であることなどを話しました。

「消えた死体の話を聞きに行くのは無駄だったでしょうか？」

「いや、無駄だとは思いません。興味深い話です。それに、引っかかることはちゃんと調べておくべきです。小さなことが糸口になって解決することもありますからね」

優秀な顧問探偵がそんなことを言います。ちゃんと聞いておかないといけないのに、ついつい変装姿が素敵すぎて見つめてしまいます。そんな後ろめたい気持ちを隠しながら歩いていると、ラメル様が後ろで一つにまとめた私の髪をちょいちょいとつきました。

「ど、どうかなさいましたか？」

「いえ、ハニーはどんな髪型をしても可愛いと思いましてね。うなじを見せたのが良かったのか悪かったのか悩んでいたんです」

その言葉で真っ赤になった私を見てラメル様は指を絡めるように手を繋ぎ直しました。

「住所はこのパン屋さんですね」

たどり着いた小さな看板が出ている店のドアをくぐります。カランカランと鐘が鳴ると中から恰幅の良い女性が現れました。

「いらっしゃいませ」

「すみませんが、マダム。私たちは三年ほど前まで劇場のチケット売りの仕事をしていたというお婆さんを訪ねてきたのです。少し、その頃のことで聞きたいことがありまして」

ラメル様がそう言うと女性はポーッと彼を見つめました。

「ああ、お婆ちゃんね。裏で豆の筋取りをしているわ。そっちの通路を通って中庭に行ってちょうだい」

ラメル様の美貌に惑わされたご婦人は簡単に私たちを中へと通してくれました。通路を出ると、中庭のテーブルで豆の筋を取っているお婆さんがいました。あの方がチケット売りをしていたという人なのでしょう。

「すみません、こちらに、三年前まで劇場のチケット売りをしていたという方がいると聞いて訪ねてきたのですが、失礼ですが、貴方がそうなのでしょうか」

声をかけると指先に集中していたお婆さんが私たちの方を見上げました。しわしわの手をした可愛らしい人です。

「……あんたたち、役者さんかね？　三年も前に辞めたチケット売りに何か用かね？」

「あの、少しお尋ねしたいことがあるんです。チケット売り場の後ろの部屋なのですが、その、『死体が消えた』とお聞きしたのです」

「ああ、私は確かに見たんだよ。なのに、だあれも信じてくれやしない」

「それはいつくらいの話なんです？」

「あー。いつだったかなぁ。ああ、ほら、あの役者が駆け落ち騒ぎを起こした年だよ」

「その役者さんはバルバラさんですか？　小火が起きたという年であってますか？」

「そうそう、バルバラだよ。綺麗な子だったけど、男運がなくてね。でも人一倍家庭に憧れていたから役者より男を取っちまった。もったいない話だよ」

「それで、死体とは？」

「小火が起きた日の少し前くらいからあの小部屋から変な唸り声が聞こえていたんだ。でもあそこは随分前からカギがかけられていて入れなくてね。それで、誰もいないはずなのに変な声が聞こえるもんで、皆で幽霊だって気味悪がってたのさ。たまたまあの日あの部屋のドアが開いているのに気づいたんだ。怖かったけど、好奇心には勝てなくてな。で、見たんだよ。ベッドの上に男の死体があったのを」

「それは、どんな死体だったのですか？」

「ん？　お前さんたちは私の話を信じてくれるのかい？　男の死体はな、明るい茶髪でな、まあまあいい男だったよ。でも役者では見たことはなかったね」

「他に特徴はなかったですか？」

「特徴……そうさなぁ、特に、これといって覚えてないな。でも息はしていなかったし、何より冷たかったからな。確かに死体がベッドの上に乗っていたんだよ。驚いて皆を呼びに行ったのに、その後すぐに小火騒ぎが起きたんだ」

それを聞いてハッとします。明るい茶色の髪のいい男……ベルの父親ではないでしょうか。

「すぐ後に小火騒ぎがあったのですか?」

「そうだよ。やっと人を捕まえて部屋に戻ったら、ドアは開いたままだったけど、死体はなくなっていたんだ。確かにあったんだって言っても誰も信じてくれなかったし、小火騒ぎで私の話どころじゃなくなってしまったんだ」

「それは……」

思わずラメル様を見てしまいました。話が出来すぎています。変な唸り声が聞こえていた小部屋がたまたま開いていて、見れば死体があった。誰かにそれを知らせようとして戻ると死体はなくなっていて、ちょうど起きた小火騒ぎで有耶無耶……まるで死体を隠すために小火を起こしたみたいです。

「とても興味深い話が聞けました。ありがとうございます。私たちが来たことは秘密にしてもらえますか? マダム」

自然な動作でラメル様がお婆さんに銀貨を握らせました。イケメンに手を握られてお婆さんがぽーっとしています。

「なんだかよくわからないけど、秘密にすればいいんだね。話を信じてくれて嬉しいよ」

ペコリとお婆さんに挨拶して、パン屋の方に戻りました。店員の女性に何をしに来たか怪しまれないようにラメル様と適当にパンを買って、店を後にしました。

「小部屋にあった死体はベルのお父様ではないでしょうか……」

「明るい茶色の髪にまあまあいい男、というだけでは該当する人物は多いでしょうね。可能性はある、といったところでしょう」

「そ、そうですね」

「……貴方には言い辛かったのですが、ベルの父親はどちらにせよ亡くなっていると思います。ギャンブルもしない家族思いの男が一度だけお金を送って失踪したのですからね」

「ベルのお父様が亡くなっていたとして、その死体がお婆さんの見たものだとしたら、誰がどこへやってしまったのでしょうか」

「誰かが小火騒ぎを起こして、死体をどこかに運んだと考えられますね。ただ、他に目撃者はいないのですから憶測でしかありません。現にお婆さんの言うことは誰も信じていませんから」

「確かに」

「それはそうと、実はベルの父親が失踪した同じ年に駆け落ちしたという役者――バルバラですが、彼女の相手だった貴族はポットスット伯爵の長男だったのです」

「え……あの？」

「フェリは劇場で妹とその妻に会ったそうですね。母から聞きました」

「はい」

「ポットスット伯爵の息子――トーマスは当時父の部下に就任したばかりの十九歳。二人の交際は大反対されて駆け落ちしたようです。でもすぐに二人は別れて、彼はバルバラではなく、他の女性と結婚しています」

「結婚した人が私が劇場で見た人ですね……どうして駆け落ちしたバルバラさんの話を？」

意地悪そうに笑う女性の顔を思い出すと気分が悪くなりそうです。

「バルバラは人気役者だったんです。私が同じ立場だったら、駆け落ちが失敗したら、劇場に戻ろうとすると思います」

「え、ちょっと待ってください」

「調べたらバルバラは今も行方知れずでした。トーマスは駆け落ちした後、すぐに喧嘩して別れたと言っていましたが、彼女は実家にも帰っておらず、地方の芝居小屋も聞き取りさせましたが、そんな役者はいませんでした。きっと彼女はもうこの世にいない」

「……あ、頭が整理できません」

「なんらかの形でベルの父親と関係があるのではないかと思います。あまりに時期が重なりすぎていますからね。あくまで私の推測ですが……主役の座を捨ててまで男と駆け落ちしようとしたバルバラがもしも別れ話を切り出されていたとしたら、すんなり受け入れたとは思えません。揉めて、トラブルがあって、バルバラが亡くなったとしても何もおかしくない。それにベルの父親が関与していたとしたら……」

「そのトラブルに巻き込まれたと？」

「証拠はありません。あくまで推測です」

「ベルは『犯罪者の娘』と脅迫文に書かれました」

仮にトーマスがバルバラを殺していて、それをベルの父親が目撃して口封じされていたとしたら、ベルは『犯罪者の娘』ではなく、『被害者の娘』になるはずです。

「『犯罪者の娘』であるかはもっと調べないとわかりませんね。オリビアが調べてきた彼の性格から考えて大きな罪を起こすとは思えません。ただ、事故という可能性はあると思います」

「お父様が亡くなっていたと知ったらベルは悲しむでしょうね」

「ハニー、貴方がとても心優しいことは私が一番知っています。しかし、これ以上調べるのは殺人事件の可能性があるので危険でしょう。貴族が絡んでいるなら尚更です。クイーマ氏にも話をしますので今後のことは私に任せてください。もちろん、詳細は報告します。ベルを悪いようにはしないつもりです」

「……はい。メルがそう言うなら、信じます」

「貴方たちが舞台の成功だけに力を注げるように頑張りますからね」

「顧問探偵さんは頼りになりますから」

「……貴方だけの専属です」

それは、報酬が報酬なだけに、そうなるのではないでしょうか……。専属でないと困ってしまいます。他で報酬をもらわれると困りますから。

　父親の話をたくさんベルから聞きましたがとても殺人を犯すような人物には思えませんでした。しかし、これはもう私の手には負えないものになっています。大人しくラメル様に任せて、結果を聞かせてもらうことが最善でしょう。少しでも、ベルの心が安らかであるような結果になることを祈るばかりです。

「さて、遅くなりましたがどこかで昼食をとって帰りませんか？　ハニー」

「あの、メル、その『ハニー』というのは、ちょっと……」

「エンジェルの方が良かったかな……」

「えぇっ、あ、あの、やっぱりハニーでお願いします」

　ほ、本気です。これ、ユーモアではありませんよ、コニー……。

「何か食べたいものはありましたか？」

「ええと……あ、そういえば新しく総菜を売るお店ができたと聞きました。なんでも、サラダからメインまで取りそろえていて美味しいらしいですよ。四角いプレートにのせて選ぶそうです。パンは先ほどたくさん買いましたからどうですか？」

「へえ、楽しそうですね」

　前にコニーが言っていたお店を思い出して提案してみました。着くと店の前にはもう行列ができていました。

「皆、ここで選んで購入して、あっちの広場で食べているみたいですね」

「私たちもそうしましょうか」

「はい。メインはチキンか海老（えび）かウインナーですね。どれになさいますか？　野菜はたくさんのせるとして……彩りも可愛いですね」

「私のことは心配しなくていいのですよ。ハニーはもっと肉をたくさん食べてください。体力をつけないと」

「メルはそればかりですね」

「貴方も私のことばかりです」

　そういえば、私たちはお互いのことばかり心配しています。自然と顔を見合わせると、きゅっと繋いでいた手に力が入りました。

　きっと無理をして今日も私のために来てくれたのでしょう。本当に、これ以上好きにさせてどうするのでしょうか。

　順番が来て、お互いの食べるものを選ぶことにした私たちは、山盛りになったプレートを手にしたのでした。

「メル、あっちの木陰が空いていますよ」

「待ってハニー、スカートが汚れる」

　草の上に敷いたラメル様の上着に座るように促されますが、そんなことができるはずもありません。

「ハンカチを敷きますから、上着は避けてください」

「気にすることはないのに」

「私が気にします。さあ、食べましょう。それにしても、メルはお肉をたくさんのせすぎじゃないですか？」

「それは、こちらのセリフです」

お互いプレートはこんもりと膨らんで、ラメル様はともかく私は食べきれそうもありません。

「食べきれそうにないのですが、残したら食べてくださいますか？」

「いいですよ。食べるのは残りだけでは済みませんがね」

木陰で二人で昼食をとって、やっぱり食べられなかった分はラメル様が食べてくださいました。

「お腹いっぱいですね。少し寝転びませんか？」

「……とても魅力的なお誘いです」

結局ラメル様の上着を下に敷くことになって、二人でコロリと寝転びました。いろいろと考えないといけませんが、今はしばし休憩です。見上げると葉の間から覗く木漏れ日がキラキラと光って見えました。良い天気です。

「フェリ……」

二人きりになったので呼び名が戻ったのでしょう、その声に顔を向けるとすぐ側にラメル様の顔がありました。

「ん……」

自然にキスをしてしまいましたが、ここは外です。慌てて距離を置くとラメル様が私に覆いかぶさってきました。

「ラメル、外ではダメです。後で……」

「誰も見ていませんよ」

「そういう問題では……」

「では日ごろの成果を」

「成果？」

「教えた護身術で私を払いのけてみては？」

「本気ですか？」

「ええ。その代わり、私も襲いますから」

「あっ！」

言うや否やそのまま体重をかけてきて私の動きを封じてしまいます。

「早くしないと食べてしまいますよ？」

ぺろりと首を舐められてびくりと体が反応します。動きたくとも上から押さえられてしまっては私にはどうしようもありません。護身術といっても、この場合私には男の人の大事なところを蹴り上げることしか浮かびません。

「ま、まって……」

「貴方を食べたいオオカミは待ってくれませんよ」

「はっ……」

服の上から胸を掴まれてその感触を楽しまれてしまいます。その間もラメル様が私の首筋を舐め上げました。

この体勢では頭突きもできません。やはり蹴るしか、と足を動かせば、私の動きを察知したラメル様に体重をかけられて足も動かせなくなりました。ひどい！

「さあ、どうしますか？」

「……叫びます」

「なるほど……では口を塞がないと」

私の口を覆うようにラメル様の手が近づいた時、私はその手にカプリと食らいつきました。私の行動が意外だったのかラメル様の動きが止まりました。そうして体を横にずらしたラメル様が私の噛んだ手をもう一方の手で軽くさすります。

「軽く噛んだつもりでしたが、痛かったですか？　でも他に思いつかなくて」

痛いはずはないと思うのですが、何やらひどくショックを受けている様子にうろたえてしまいます。

そのままラメル様は両手で顔を覆ってしまいました。

「フェリ」

「はい」

「貴方は私を悶え死にさせたいのですか……」

「は？」

「可愛い……ああ、もう、可愛い……」

「きゃっ」

伸びてきた腕に捕まると私は簡単に抱きしめられて、頭をぐりぐりザリザリと頬擦りされ放題になりました。『もう一度噛んでみませんか？』との言葉にはご遠慮させていただきます。どうやら私のしたことは暴漢には効き目はなさそうですが、ラメル様には大いに効果があったようです。

ちなみに本当に襲われたら躊躇なく股間を蹴り上げようと思います。初動が大事ですよね。


その後やっと落ち着いたラメル様は私の膝枕でお昼寝です。

ゆったりとした時間を過ごしていると広場の向こうに子供連れの夫婦が見えました。小さな兄弟に忙しそうにお母さんがご飯を食べさせています。

「兄弟……」

その光景を見て思わず言葉が零れてしまいました。慌てて膝の上に視線を戻すとラメル様がじっとこちらを見ていました。

「……観劇に行った時、フェリが嫌な思いをさせられたと母に聞きましたが、ポットスットの連中に何を言われたのですか？」

「それは……」

「母に言えなくても、私には言えますよね？」

「……ヒソヒソされてそんなにはっきりと聞いていないのです。けれど、『子供だって本当に宰相補佐様の子なんだか』と聞こえてきて……不名誉な気分になりました」

「はあ、なんですか、それは。許せないですね」

「ローダは間違いなくラメル様の子です」

「当たり前です。ポットスット伯爵家には最大の不幸が訪れる呪いをかけておきます。まあ、少なくとも父は私とフェリの件を大臣の妻と娘が吹聴したことで、さっさと見切りをつけていましたがね」

「それではお義父様の部下だったというポットスット伯爵の息子が数年前に資料整理になったのは……」

「間違いなく意図的にしたことでしょう。下手に解雇して他で甘い汁を吸わせるのも嫌だったんでしょうね。ただただ精神的にやられる部署に配属したんですから」

「お義父様が……」

「それも事件に絡んでいたら解雇になるかもしれませんけれどね」

「実は以前、ラメル宛ての手紙を見たのです。ポットスット伯爵の娘さんからで『必ず男の子を産んで差し上げます』と書いてありました」

「……吐き気がしそうな提案です」

「でも、ラメルも次は男の子が欲しいのですよね」

「フェリとの子しかいりませんよ……確かに『男の子も可愛い』と言ったことはありますが、性別はどちらでも構いません。子供は授かりものですから、気長に待ちましょう」

思い切って聞いてみるとラメル様がそう言いました。でも……。

「……ラメルはそれでいいのですか？　ソテラとしては長男が欲しいはずですよね」

「私は貴方との恋人期間を楽しんでいますから。それに、もしも子供ができなくとも、ローダがいれば十分です。跡継ぎが欲しいなら私には弟も妹もいますから大丈夫です。屋敷の者で貴方に『男を産んでもらわないと困る』なんて言う者はいないでしょう？」

「はい」

「貴方が野心家で、長男を産んで権力を握りたいなら話は別ですけれど」

「そんなわけありません」

「だったら、周りの言うことなんて気にしなくていい」

そこでラメル様は目をつぶりました。この話はおしまい、ということなのでしょう。恋人期間を楽しむ、だなんて言ってくださるんですね。なんだか嬉しくなってしまいます。

「ラメル、ありがとうございます」

皆私を気遣って何も言いませんが、二人目が授からないという夫婦も珍しくはないのです。その、私とラメル様の頻度を考えると、回数的には十分なはずですので、なかなか授からなくて不安に思っていたのです。

「貴方に出会う前は」

「え？」

「私はどこか他人事のように自分に起こる出来事を捉えていたんです。大抵のことは分析し、予測して、当たれば面白いと感じる。それが、普通でした。でも貴方のことは予測もできないし、分析もなんの役にも立たない。そもそもそんなことをしようとも思わないです。貴方やローダは愛おしいし、仕事も、家庭も自分が満たされているのを実感しています。感情が優先してしまうような今の自分が楽しい。もう、貴方やローダなしの生活なんて考えられません」

私の手を掴んだラメル様が手を重ねたまま胸に置きました。ああ、私も、貴方のいない生活なんてもう想像がつきません。

その後はお互い何も話さず、しばらく木陰で休みました。膝の上の温もりと手の温かさがこの上なく愛おしくて、本当にこの人と結ばれた奇跡にただ感謝するのでした。

「貴方の膝の心地が良くて、つい長居してしまいました」

「大丈夫ですよ」

「さあ、戻りましょうか」

「はい」

広場を後にして自然と手を繋いで歩いていると前方に制服を着た初々しい恋人たちが歩いていました。

「あら、あの制服……」

「ああ、私が通ったところのものですね。学生時代、友達が街で女の子とデートするのを見て、羨ましいと思ったことはなかったのですが、貴方となら楽しかっただろうなって思います」

「私も高等学校へは通えませんでしたから、メルと過ごせたらとても素敵だろうなって思います。でも、今こんなふうに街を歩くだけで心が弾んでいますよ」

言いながら腕を取って歩きます。そんな私を見てラメル様も嬉しそうです。

「ハニーの制服姿も可愛かっただろうな」

「メルの制服姿もきっと凛々(りり)しかったでしょうね」

「確か、卒業した妹の制服はまだ取ってあったような……」

「……あの、それは絶対に着ませんからね」

「まさか、妹の着ていた制服を着せたりしませんよ」

「似せて作らせたりしても私は絶対に着ませんからね。これぱっかりは聞けないお願いだと心に留めておいてください。どうしても見たいと言うのであれば、もう十数年お待ちください。私にそっくりな娘がきちんと着てくれるに違いありません」

絶対にこの年になって学生の制服を着るなんて恥ずかしいことをするものかと、ラメル様に念を押しました。私の本気を感じてくれたのかラメル様もその後二度と制服の話をすることはありませんでした。

いくら味気ない学校生活を送ったからといって、私だって譲れないものがありますからね。

8 真相と犯人と劇場の亡霊（ファントム）

それから、ラメル様とコニーの旦那様のダンさんによって、十三年前の事件が明らかになりました。役者バルバラと駆け落ちの約束をしたポットスット伯爵の長男トーマスは、大臣でもある父親に説得されてバルバラに別れを告げたのです。しかし別れ話に逆上したバルバラと揉（も）めた際に彼女を殺（あや）めてしまっていました。それをたまたま目撃したベルの父ロナルドが、トーマスを恐喝してお金を受け取っていたということです。そして何度も恐喝を受け、追い詰められたトーマスはロナルドを川に落として殺害したそうです。残念ながら死体は見つかっていません。

ラメル様から聞かせてもらった結果は歓迎できるものではありませんでした。これでは本当にベルは『犯罪者の娘』確定になってしまいます。でも、だからと言って事件の真相を捻（ね）じ曲げるわけにはいきません。

瞬く間にこの衝撃的なニュースは新聞で広がり、劇場関係者に広まりました。貴族をパトロンにしている役者も少なくありません。きっと身につまされる思いで聞いている人も多いでしょう。

事件が発覚して、素直にバルバラの殺害を認めたトーマスですが、この十三年、バルバラとロナルドの亡霊に悩まされていて、憔悴しきった様子だったそうです。それ相応の苦しみを味わった十三年だったのかもしれませんが、自業自得としか言いようがありません。

「父は殺人現場を目撃し、貴族を恐喝して殺されてしまったのですね……」

　私は事の詳細をラメル様から聞き、オリビアとコニーに同席してもらってベルに話すことにしました。心配したアルトがベルの隣についてくれています。

「大雨の日に川に落としたそうよ」

「本当は、わかっていたんです。父がわたしたちに会いに来ないわけがないんです。でも、生きていると希望を持ちたくて、あがいてしまいました」

「……」

「こんなに調べていただいて、ありがとうございました。わたし、父が亡くなったことを受け入れます。でも、父が恐喝していたのなら十分なイメージダウンです。わたしは、フェリ奥様が大好きです。『恋の嵐』のアンリエッタもランドールも大好きです。役者仲間もこの舞台も。ですから、やっぱり主役は降りようと思います」

「ベル！」

「アルト、ごめんね。でも、貴方には成功して欲しいの。わたし、貴方がどれだけ努力してきたのか知ってる。頑張っている皆の足を引っ張りたくない。『恋の嵐』は素晴らしい劇よ。きっと大成功するわ」

ベルが下を向いて言いました。小さな肩は震えていましたがはっきりとした強い決意を感じました。確かに、ローダのために悪い噂を払拭したくて始めたことです。この舞台は必ず成功させたいと思っています。けれども、あんなに頑張っていたベルを思うと、父親のイメージが悪いというだけでベルを主役から降ろすことが正しいことだとは思えません。ベルは何も悪くないのです。

「……そうね。ベルは主役からは外すわ」

「え、コニー!? どうして!? きっと上手くいくわ。ほら、ベルはそれだけの実力があるもの。幕が上がれば皆、お父様のことなんて気にしなくなるわ。恐喝した男のことは新聞にも名前すら載ってないのよ？」

「フェリ。それが恐喝犯はベルの父親だと話がもう回っているの。劇場の人間はベルが脅迫文を送られていたのは知っているから……。そもそも貴方とソテラ様のイメージが良くなるなら、と条件付きで進めてきたことだから、このままではその約束を破ることになるわ」

「でも、私が頼めばラメルだって」

「……これまでも噂を捻じ曲げて悪評を広めた人たちには主役のスキャンダルは格好のネタでしょう。フェリ様、貴方は誰のために頑張ってきたんですか？ ローダ様のためじゃなかったのですか？」

オリビアにぴしゃりと言われて息が詰まります。その通りです、でも、どうしてこんなことに。

「あの、フェリ奥様……ありがとうございます。お気持ちだけで胸がいっぱいです。稽古でしか演じられませんでしたが、でもわたし、アンリエッタ姫を演じられて幸せでした。叔母のこともひとまず落ち着きましたし、今日にでも劇場を出て行きます」

「そんな……」

「実はね、フェリ。脅迫文の犯人が名乗り出てきたの」

「え……。名乗り出たのですか？」

　バツが悪そうに言うコニーを補足するようにアルトが説明してくれました。

「今朝、俺のファンを名乗る女が脅迫文をベルに送ったと名乗り出たんです。ベルの父親のことは全く知らなくて、父親を捜索していると聞いて送りつけたと……『犯罪者』というのはちょっとした思いつきで書いたのに、本当に犯罪者だったとは驚いた、と騒いだそうです。それもあってベルの父親が犯罪者だったという話が瞬く間に広まって……」

「え、アルトのファンなら外部の人間ですよね？　でも、あのインクは女性控室のインクで……」

「限りなくシャロンが怪しいとしても犯人が名乗り出てこれ以上は追及できないわ」

「そんな、わざとこのタイミングで名乗り出たのではないですか？」

「くそっ、俺、こんな気持ちでシャロンと舞台に立てる気がしない」

「ダメよ、アルト。お客様はアルトの騎士を期待しているわ。わたしも、応援しているから。それに父が亡くなっているのなら、亡骸を見つけてお母さんのお墓に入れてあげたいと思うの。舞台には立てなくても、王都にはいるから。その、父は悪いことをしたけど、お友達でいてくれる？」

「ベル……」

そう言ってベルがふわりと笑いました。どこまでも周りを気遣うベルに胸が苦しいです。それぞれがやるせない気持ちを抱えモヤモヤとしながら、その日、ベルは主役を降りることになりました。

「少し疑問は残りますが、おおむね解決したことになりますからね。ベルの捜していた父親はどうやら亡くなったとわかり、脅迫文を送った犯人が判明した」

その晩、寝室でラメル様に訴えても仕方のないことを言いました。殺人事件の話題が膨らんでいる今、ベルを主役のまま残すと、殺された恐喝犯の娘だと必要以上に騒ぎ立てられるでしょう。ソテラを良く思わない貴族たちもここぞとばかり公演前に広めるに違いありません。そのことを考えると、落ち着いた頃に他の演目でベルが役者として舞台に立つ方が個人の才能を見てもらえることでしょう。コニーも必ずベルを舞台に戻してみせると言ってくれていました。

「貴方は納得していないのでしょう?」

「はい。アルトのファンを名乗る女性も、結局脅迫文を送りつけたと注意して怒られただけです。ベルの父親が犯罪者だと広めるためにシャロンに頼まれて名乗り出たのではないでしょうか」

「脅迫文を出しただけでは大した罪にはならないでしょうしね。しかも、本当に犯罪者の娘だとしたら反論のしようもない」

「インクは女性控室のインクでしたのに」

「それだけではシャロンだという証拠にはなりませんからね」

「ベルの父親の件も、元チケット売りのお婆さんが言っていたことが本当なら死体は劇場の小部屋にあったことになるのです。ポットスット伯爵の長男に川に落とされて、そこからなんとかあそこまでたどり着いたのではないでしょうか。こっそりあの部屋に入って一人で閉じこもったとは思えません。きっとまだかかわっている人間がいるのではないでしょうか」

「そうですね……。では、もう少し調べてみましょう。ベルの父親が亡くなったことに変わりはないでしょうが、消えた死体には私も興味があります」

「ラメル？」

てっきりラメル様から『もうこれ以上はかかわらないように』と言われると思っていましたので驚きました。

「その代わり貴方はじっと報告を待っていてください。顧問探偵料は後でしっかり受け取らせていただきますから」

「まだ調べてもらえるのですか？」

「引っかかることが何点かあるのです。貴方が現状で満足なら放っておこうかとも思いましたが、そうではないようなので。……結果次第ではベルが主役に戻れるかもしれません」

「本当ですか？」

「そうなればいいですけれどね。さあ、後は私に任せてください。危険なことはなしですよ」

ラメル様はそう言って私に微笑(ほほえ)みました。この笑顔が私だけのものだと知っています。気に病む私を安心させてくれようとしているのでしょう。広げられた腕の中に潜り込むと、私はその頼りがいのある胸に頬を寄せて抱きしめてもらうのでした。

＊＊＊

ベルがいなくなった稽古は見ていてもなんだか虚(むな)しい気分です。シャロンは外見はベルよりも華やかですが、やはり比べてしまうとベルがいかにセリフ以上に表現できる役者であったのかがよくわかります。

「シャロン、先走らないでくれ。ここは皆で合わせて歌うところだろう？」

「私の歌い出しに皆が合わせたらいいだけでしょ!?」

「シャロン、いい加減、周りを見て合わせることも考えてくれよ。ベルは俺たちの声をつぶしてしまうような歌い方はしなかったぞ！　自分の歌声だけを無理やり押し通して、これじゃあ一緒に歌う意味がないじゃないか」

「万年その他大勢の端役が偉そうに言わないで。ベルといちいち比べられるなんてまっ平ごめんよ！あんな田舎者のどこが良かったって言うのよ！　うんざりしちゃう！　監督、休憩を入れてください」

皆と合わせて歌う場面だというのに、上手くいかないと癇癪を起こしたシャロンが舞台監督にそう告げて、控室に引きこもろうとした時でした。

ガシャン！

「ひいいっ」

シャロンの目の前に小道具のツボが落ちてきました。驚いたシャロンは寸でのところで避けたものの、尻餅をついています。

「誰よ！　危ないじゃないのよ！」

キイキイと喚くシャロンに慌てて美術担当のスタッフが駆けつけます。その時は、誰もが偶然だと思っていました。

「ねえ、聞いて。今ベルがどうしているか」

その日、明るい声でコニーがそう報告してくれました。

「父親の手がかりを探しながら食堂で働いているって聞いたわよ？」

オリビアが答えて私も頷きました。あれから迷惑はかけたくないとベルは劇場にも寄りつかなくなっていました。

「それがね、アルトが食堂に通い詰めて、どうやら裏の広場で二人で稽古しているみたいよ。歌声が聞こえてきて評判になって、皆がこっそり見に来るようになったんだって」

「そうなの？」

「ねえねえ、皆で見に行かない？」

「行きます！」

コニーの提案に私とオリビアは顔を見合わせてすぐに返事をしました。ベルの働いている食堂は劇場のすぐ近くです。午前の稽古が終わり、すぐに去ろうとするアルトをシャロンが引き止めましたが、軽くかわされていました。アルトの行く先はベルの働いている食堂です。

お昼時の忙しい時間はとっくに過ぎていて、変装をしたアルトは食堂の隅で遅い昼食をとっていました。私たちは見つからないように店の外で見張ります。

「アルトが食べるのを見ていたらお腹が空いてきちゃったわ」

「コニー、私たちはもう昼食を食べましたよ？」

「でも、フェリ、見てよ、ここの食堂の料理、美味しそうなものばかりよ。明日は変装して食べに来てもいいわね」

「……確かに」

「ああ、私の赤ちゃんが食べたいって言ってる」

お腹をさすって言うコニーに私とオリビアは笑ってしまいました。

しばらくすると食事を終えたアルトが厨房を覗いて中にいたベルに声をかけました。

「お、いよいよ練習するのかな」

お会計を済まして移動するアルトの後ろを追いかけました。

店の裏手にある小さな広場はその時間誰もいないようでした。茂みに隠れて見ていると、前掛けを畳みながらベルがこちらに向かってきていました。

「アルト、ねえ、もう来てはダメよ」

「お昼ご飯を食べるくらい、いいじゃないか。俺の勝手だろ」

「でも……」

「それに、練習に付き合って欲しいんだ」

「練習はシャロンとする方がいいでしょう？」

「ベルは歌いたくないの？　歌いたくてうずうずしているだろ？」

「……それは、そうだけど」

「俺は練習したいし、ベルは歌いたいんだから一緒にすればいいじゃないか。誰に見られるわけでもないんだから」

「そう、なのかな……昨日、お客さんに歌声が聞こえるって言われたから」

「大丈夫だよ、歌っているだけなんだから誰にも迷惑はかけていない」

ベルを説得するようにアルトが話しかけます。その必死な様子が可愛くてムズムズしてしまいます。

並んで座っていた二人が小さな声で歌い出し、やがて熱中して声が広がっていきます。ああ、美しいハーモニーです。

「やっぱり、ベルの方がいいなぁ……」

私たちの心の声を代弁するようなコニーのつぶやきに静かに頷きます。やがて一場面が満足するくらいに歌い上げられた時には、私たちのようにこっそりと覗く人がちらほら現れました。二人の様子になんだかほっこりした私たちはそっと劇場に戻ることにしました。

「このままシャロンで公演して、噂が落ち着いたらベルをダブルヒロインで起用しようかしら」

コニーがそんな提案をしてくれたので心躍りました。

「いいですね、きっとベルは立派にヒロインを演じてくれます」

小さな広場ですら、あれだけの存在感のある素敵な歌が出来上がるのです。きっと演出された舞台ならもっと素晴らしいものになるのは間違いありません。そんなことを三人で話しながら、公演に向けて前向きに考えるようになりました。

＊＊＊

そうやってなんとか気持ちに折り合いをつけて、舞台のことは落ち着くはずでした。なのに、今度はベルと同じように頻繁にシャロンに小さな事故が起こるようになったのです。

「亡霊(ファントム)の仕業じゃないの？　シャロンはどう見ても主役の器じゃないもの」

言い出したのは役者さんたちでした。

「どういうことなの？　脅迫文の犯人は捕まったのに、ベルに危害を加えようとした犯人は別にいるってことなの？　それともベルだけを狙っていたわけではないってこと？」

「そういえば、脅迫文の犯人は出てきたけど、そもそも柱が倒れたり、植木鉢が落ちてきたのはなんだったんだ？」

「もう、こうなると本当に亡霊の仕業としか……」

稽古場でも皆が噂話をしています。

「最近、監督が随分イライラしてない？　ベルを追い出した時なんてあんなにすっきりとした顔をしていたのに、今じゃ監督が亡霊みたいよ」

「今頃になってシャロンがものにならないってわかったんだろ。大体、ベルがダメだったとしても、ステファニーやソフィーがいたのに、シャロン一人でって、ごり押ししたのは監督じゃないか。きっと呆れた亡霊がシャロンじゃダメだって出てきたんだ」

役者たちの間でもいつしか話題は亡霊話ばかりになっていました。

「なんだかもう役者たちの間がギスギスしているのよ。そろそろ初日に向けてまとめ上げていかないといけないっていうのに」

稽古を眺めていたコニーの顔に焦りが見えてきました。

「早くしないとコニーのお腹も大きくなる一方ですものね」

癒しを求めるように私がコニーのお腹を撫でるとオリビアも無言で撫でました。

「衣装の手配もしているし、そろそろポスターの原案も上がってくるはずだわ。通し稽古も行っているのにシャロンが未だにとちるから、他の役者が不安がっているのよ。それにベルが降りて平穏になったかと思ったら、大したことは起きてないにせよ、今度はシャロンが誰かに狙われてる。今回は脅迫文もないし……」

「皆、『亡霊の仕業だ』って騒いでいますね」

「いったいどういうことなのかしら」

脅迫文はきっとシャロンが出していたと思います。柱が倒れてきたのも、植木鉢が落ちてきたのもシャロンの仕業だと思っていました。けれど、あれはいったい誰が？

「とにかく、シャロンに怪我がなくてよかったわ。十分気をつけないと。もう一度監督に周りを注意するように通達してもらうわ」

コニーはそう言って舞台監督のところへ行きました。彼女はそのまま家に帰ると言うので、私とオリビアはベルの働いている食堂で昼食をとることにしました。あれから時々店を訪れてベルの様子を窺っています。相変わらずアルトも通っているようで、なんだかホッとしてしまいます。

「オムライス、二人前です」

「ありがとう、ベル」

私たちが行くとベルがさりげなくスープや飲み物をサービスしてくれます。そんな気遣いが嬉しくて頬が緩んでしまいます。

「ベルが勧めてくれたオムライスが一番美味しいわ～」

「ここだけの話、料理長は卵料理が得意なんです。パンケーキもお勧めですよ」

にっこり笑ってベルがそう教えてくれます。昼間の食堂は賑やかで忙しいので会話もいつもこのくらいしかできません。ですが、私たちはこの後の楽しみを知ってしまっているのです。

昼食が終わって、しばらく裏の広場で待っていると、アルトと待ち合わせしているベルがやってきます。二人は相変わらず練習しています。それをこっそり聞くのがここのところの楽しみになっていました。ベルは早々に台本も暗記してしまっているようでいつも手ぶらです。アルトがいつ歌い出しても上手くついて行くことができます。何より二人の歌声が重なると素敵な音楽になるのです。

「本当にいい声ですね。これを舞台で聞けたら良かったのに」

「きっとコニーがなんとかベルもヒロインにしてくれますよ」

「そうですね」

叔母への借金はそのままコニーが肩代わりしているので、ベルは田舎に帰って結婚はせず、王都に残ることにしたようです。その話を私たちにしたアルトの嬉しそうな顔ったらなかったです。

「それにしても、お似合いよね」

「ええ。微笑ましいです」

「あれは絶対アルトの方がベタ惚れよ」

「これだけ毎日通っているのですものね」

寄り添って歌う二人を見てニヤニヤしてしまいます。いつしかこの練習風景を盗み見する人たちも増えてきました。皆私とオリビアのように時間を合わせてこっそりと歌を聞いていました。

午後からの稽古は見学せずに帰ろうとオリビアと話して劇場に向かいました。あまりこちらのことばかり気にかけているとローダを寂しがらせてしまいます。馬車の手配を頼んでから、帰ることを伝えようと稽古場を目指して廊下を歩いていると、緑のベレー帽の男の人に呼び止められました。

「ベルが連れ去られた。舞台倉庫だ。助けてやってくれ」

「え？」

私の返事も聞かずにそれだけ言って、その人は通り過ぎていきました。明るい茶色の髪に……とっさに指までは確認できませんでしたが、あれは……。

「オリビア、聞きましたか？」

「え。どうしたんですか？　フェリ様」

「ベルが舞台倉庫に連れ去られたようです。助けに行かないと！」

「へっ!?　だって、ベルはさっきまでアルトと歌を……」

「とにかく、急ぎましょう！」

確か舞台倉庫は劇場の裏にあったはずです。廊下を引き返して急いでいると前をアルトが歩いていました。

「アルト、大変です！　ベルが連れ去られたようです！」

「連れ去られた？　誰にですか？」

「それはわかりません、ですが、確かめないと！」

必死な私の様子にアルトもついてきてくれました。三人で急いで舞台倉庫に向かうと中から叫び声がしました。

「ベルの声だ！」

アルトがそう言ってドアを開けようとしましたが、中から鍵をかけているのかドアは開きません。

「くそっ、ベル！　おい！　開けろ！　いるのはわかっているんだ！」

バタバタと中から音が聞こえます。アルトが何度か体をぶつけてもドアはびくともしませんでした。

「だ、誰か人を……」

中にベルがいるのがわかっていてもどうすることもできません。人を呼ぼうかと焦っていると後ろから肩を叩（たた）かれました。

「フェリ、危ないから後ろに下がっていなさい」

「ラ、ラメル？　それにダールまで」

振り向くとラメル様とダールさんが立っていました。ここにいないはずの二人がどうしているのでしょうか。しかし、疑問に思っている場合ではありません。今はベルを助けないと！

「そこの君も下がりなさい。ダール」

ラメル様が声をかけるとダールさんがいつの間にか持ってきた大きなハンマーを振り上げて、ドアノブを思い切り打ちました。

ドゴン！

ドアノブが歪んだところでラメル様がドアを蹴破ります。

中に男が三人、奥でベルが口を押さえられていました。

「な、な、なんだ、お前たち！」

「ベルを放せ！」

アルトが叫んで向かっていきましたが、屈強な男に簡単に倒されて床に転がってしまいました。

「これは、俺が嫁に買った女だ。自分の嫁をどうしようと勝手だろ！　どっかに行きやがれ！」

一番大きな男がそんなことを言います。するとラメル様がすっと前に出ました。

「ダール、フェリたちをお願いします」

「かしこまりました。ラメル様」

「なんだ、お前！」

ラメル様は無言で舞台倉庫にあった小道具である剣を掴み、鞘から出すとその精度を確かめて、フム、と構えました。

「死なない程度には手加減してあげましょう」

「そんなおもちゃで何ができるってんだ！」

「切れ味の悪い剣の方が痛いと知っていますか？」

そう言うとラメル様の剣が男の眉をかすめました。ヒュッと音が鳴ったかと思えば瞼の上が切れて血が噴き出しました。

「ぎゃあああああーっ」

顔を切られた男が叫びながら手で顔を覆いました。

「意外と使えそうですね」

「ひいいいっ」

「……非力な女性を寄ってたかって……卑怯な行為が一番許せないですね」

ヒュン、ともう一度音がしたかと思うと奥の壁に剣が刺さっていました。それはベルを押さえていた男の頭上すれすれで、男は恐怖に固まっていました。

残っていた一人の男が小道具の棒を構えてラメル様に襲いかかります。

「このっ！」

後ろから出てきたというのに、ラメル様は横に男をかわしながら腕を押さえ棒ごと捻ります。すると男は簡単に棒を奪われて、腹に一撃を喰らって床に倒れました。

「ぐうううっ」

そのままラメル様はベルの口を押さえながら驚いていた男の鳩尾も棒で打ちました。剣が頭の上に刺さっているために動けなかった男はされるがままで、骨が折れたような音もしました。

三人をあっという間に伸してしまったラメル様がこちらを振り返りました。

「ほら、君のお姫様を助けなさい」

この声ではっとしたアルトが立ち上がって走りました。

「ベル！」

可哀想にベルはガタガタと震えて泣きじゃくっていました。

「ふえ、ふえええええん」

アルトがベルを抱えてホッとした時、顔を切られた男が立ち上がってラメル様に襲いかかりました。

「ラメル、後ろ！」

男は近くにあった角材を振り上げていました。さすがに避けきれないと思いましたが、ラメル様の強烈な後ろ蹴りが当たり、ドゴッという音と共に男が後ろに吹き飛びました。

「往生際の悪い。そんなに息の根を止めて欲しいですか？」

戦意喪失した三人に上からラメル様が冷たい視線を送りました。ぞっとするほど冷たい表情に、見ているこちらも震え上がります。

「ラ、ラメル！　それ以上は本当に死んでしまいます！」

壁に刺さった剣を抜くラメル様に慌てて声をかけました。

「ふふ、貴方の前で血なまぐさいことはしませんよ。お借りしたので戻すだけです」

パチン、小道具の剣を鞘に納めてラメル様が微笑みます。

——魔王の微笑み。

その場が凍る恐ろしさでした。

「誰がこんなことを……」

「警備員がいるんだ。関係者じゃなければ入れない。劇場内に手引きした奴がいる」

アルトがベルを抱きしめながら悔しそうに言葉を吐きました。

「お、叔母に今度こそ本当に田舎に帰るからって呼び出されて、今までのこと、反省したって、謝りたいって言うから……そ、そしたら、この人たちが……」

震えながらベルが私たちに説明しようと声を上げました。どうやらまた彼女の叔母が絡んでいるようです。

「またあの女なの！」

「お、俺たちはあの女から姪っ子を嫁にしないかと持ちかけられて金を払ったんだ！　それなのに！」

「……たとえそうだとして、どうして三人でこんなところで襲うことになったのです？」

「そ、それは、生意気だからしつけた方がいいって、俺たち三人とも金を払ったんだ！　役者なんだろ？　いろんな男を騙したって聞いたぞ」

「ベルが騙すわけないだろ！」

「それで、ここにはどうやって入ったんです？」

「そ、それは女と別れてからひとけのない場所を探していたら男がいい場所があるって声をかけてきて、そこなら泣き叫ぼうが何しようが誰も来ないって」

「その男の特徴は？」

「く、黒い服を着てたし、正直顔なんて見てなかった」

「三人とも？」

「「は、はいっ」」

「嘘は命取りですよ？」

「「嘘じゃありません！」」

震え上がった三人はラメル様の言葉にぴったりと合わせた声で答えました。

「ラメル様、この者たち、どうなさいますか？」

「そうですね……もちろん騎士団に突き出しますが、ベルの叔母も一緒に牢に入れてもらいましょう。面白いことになりそうですから」

ダールさんの手でぐるぐる巻きにされた男たちは観念したのかぐったりとしていました。

しかし、男の人に手引きされてここに来たというのは正直驚きでした。てっきりシャロンが引き入れたと思ったのです。

「シャロンが手引きしたかと思っちゃった……」

私の心を代弁するようにオリビアがつぶやき、皆が黙りました。

「俺も疑いましたが、そもそもシャロンが稽古部屋にいたのを見ています」

皆が疑問を口にする中、アルトの腕の中のベルが震えているのが気になりました。

「とにかく、ここを離れませんか？　ベルを落ち着かせたいです。怖い目にあったのだから、ひとまず安心させてあげましょう」

私が声をかけるとそうしようと皆が動きました。いつまでも襲われた場所にいるのは怖いでしょう。

「ア、アルト!?」

見るとアルトがベルに上着をかけて抱き上げていました。

「俺が運ぶよ。じっとしてて」

「まるでお姫様ね」

物語のワンシーンのような二人の姿に目を奪われます。ベルを守ろうとしたアルトは埃だらけでしたが、立派な騎士に見えました。

「……ごめんね、俺じゃあ守れなかった。情けないよ。奥様も、そちらの紳士もありがとうございました。心から感謝いたします」

アルトが深々と私とラメル様に頭を下げました。泣いていたのはベルなのに、今はアルトが泣きそうな顔をしていました。

「ベルを安心させてあげられるのはアルトだけですよ」

「そうよ、騎士ランドール、しっかりなさい」

私とオリビアが言うとアルトがきゅっと口を結び、ポツリと言いました。

「俺のアンリエッタ姫はベルだけだから」

その言葉にベルがアルトに抱き着きました。

たとえ、この先、ベルがアンリエッタ姫を演じることがなくとも、アルトの中ではベルだけが姫だというのでしょう。どうしてベルばかりがこんな目にあわないといけないのでしょうか。ベルがアンリエッタ姫をどんなに演じたかったかは二人だけの練習風景でわかります。やるせない気持ちに胸がキュッとしました。この二人に主役を演じてもらえたらどんなにいいだろうと、改めて思ってしまうのです。


ベルを落ち着かせるために私たちが使っている部屋に通して、怪我がないか確認しました。幸いにも危害が加えられる前に助けることができたようです。ラメル様たちは捕まえた男たちを騎士団に突き出しに行ってくださいました。

「そういえば、どうしてフェリ様はベルが連れ去られたって知ったのですか？」

オリビアが不思議そうに聞きますが私も不思議です。

「廊下で緑のベレー帽をかぶった男の人が通りすがりに私に教えてくれたのです。オリビアは隣にいたではないですか」

「え。そんな人、いましたか？　緑のベレー帽なんてかぶっていたらわかりそうなものなのに……てっきり急にフェリ様が言い出したのかと」

「わ、私しか見えていなかったということですか？　あれって、本当に……」

「緑のベレー帽ですか？」

私たちの話にベルが首をかしげました。

「貴方と同じ明るい茶色の髪の色だったと思うのですが……」

「まさか……」

「貴方のお父様が助けてくださったのかもしれませんね。娘の危機を知らせたかったのでしょう。とっさのことで顔は思い出せませんが……」

ブルリ、と四人で体を震わしました。……幽霊だったのかも。とは怖くて言えず口をつぐみました。

「ともかく、ベルを助けられたのですから感謝ですね」

私の言葉にベルは複雑そうに頷きました。

温かいココアを淹れて、ベルに飲ませ、今日はソテラ家に行こうと言いましたが、食堂の仕事を休めないとベルが言います。結局、アルトが送り迎えをすることで話がまとまりました。

「稽古が終わるまで待ってて。夜の皿洗いまでに間に合うだろ？」

「ごめんね、アルト」

「……もっと頼って欲しいんだ」

「うん……。ありがとう」

稽古が終わるまでは私とオリビアが付き合い、部屋でアルトを一緒に待つことにしました。

「アルトはいい人ね」

そう言うとベルの頬は赤く染まります。

「初めて会った時から、とっても優しくて」

「そう」

「食堂の初めてのお給料で、舞台の立見席のチケットを買ったんです。その時の劇でアルトは主役ではなく花売りの青年役でした。歌も一場面しかなかったのだけど、でもとっても素敵な歌声だった。その歌を覚えてエキストラの募集のオーディションに行って歌ったら、受かってしまったんです。最初の舞台はヒロインの後ろに立って、コーラスするだけだったけど楽しかった。それからちょっとした役をもらって、困っていたらアルトが親切にいろいろ教えてくれたんです。練習もいつも付き合ってくれて……フェリ奥様」

「どうしました？」

「わたし、皆さんに助けていただけて、本当に幸せ者なんです。こうやって無事だったのも、父を捜すのを手伝ってもらったのも、お金を貸してもらったのも、叔母さんに話をしてもらったのも……全部、全部、感謝しかありません。でも……」

ました。

ベルの目からぽろぽろと涙が零れました。どうしてあげることもできなくて、私はベルの肩を抱き

「アンリエッタ姫を演じたかったんです。アルトと舞台に立ちたかった……」

「でも？」

「役を降りたんです。わたしにとってそれは簡単なことじゃないんです」

「……そうですね」

「なのに……どうしてこんな目にあわないといけなかったんでしょうか……お金だって今持っている
ものを渡せるだけ叔母さんに持たせたのに……。皆が今『恋の嵐』の舞台稽古をしていると思うだけ
で、苦しい……苦しいんです。こんなに苦しいのに、どうして……」

ずっと閉じ込めていた感情が襲われたことで抑えきれなくなったのでしょう。あんなに練習してい
た役柄です。本当は羨ましくて、辛かったのです。

「大丈夫ですよ、ベル。ほら、貴方のお父様も見守ってくれています。初演は無理でも、きっと貴方
は舞台に立てます。貴方はアルトの演じるランドールが認めたただ一人の姫様なのですから」

きゅっと抱き着いてきたベルを抱きしめるとオリビアも頭を撫でました。アルトが迎えに来る頃に
はベルはいつもの笑顔のベルに戻っていました。

「ああやってとぼけた顔をして、いつも笑って……演技が上手いはずだわ。辛い顔なんてちっとも見
せないんだもの」

「きっとベルは病気のお母様にずっと笑顔で接していたのではないでしょうか……」

「なんだか、もう、やるせない」

「オリビア、私たちにベルが本音をさらしたのは、それだけ心を許されたってことではないですか？」

「……そう、そうよね」

「できることはしてあげましょう。ベルの才能は腐ったりしないと思います」

「そうね！　私たちには魔王である顧問探偵もついてますしね！　はあ、思い出してみれば颯爽と助けに来て、最高にかっこよかったですね！」

「貴方が最高にかっこよかったのはしっぷーい助手の方でしょ？」

「あれ、バレてました？」

オリビアと顔を見合わせて笑いました。そうです。私たちにはあんなに強い味方がいて、怖いものなんてないのです。

＊＊＊

ベルの叔母はラメル様の言ったように捕まった男たちと牢に入れられました。そこで三日ほど酷く恐ろしい思いをしたそうです。結局彼女は騎士団員に問い詰められても、舞台倉庫に案内した男のことは存在すら知りませんでした。外に出た後も男たちにお金を返す約束をさせられて、震え上がって田舎に帰って働いているそうです。借金を返してもらった叔母は母親の墓を守っているという名目でベルにお金を出させていたようですが、それも調べれば、共同墓地に入れていたらしく、呆れたベルはとうとう叔母と縁切りを宣言しました。ベルは故郷を失うことになりましたが、オリビアが身元保証人として名乗りをあげました。『次期公爵夫人の筆頭侍女が身元保証人よ』などと言うオリビアを私とコニーは『羨ましいなぁ』とぎゅうぎゅうとハグしておきました。離婚して故郷に戻らず、孤独だったオリビアは身元保証人になって、きっと家族のようにベルを可愛がるはずです。


「コニー奥様、話があるんです」

午前中の稽古が終わった後、アルトが私たちのいる部屋を訪ねてきました。

「どうしたの？」

真剣な顔をしたアルトは廊下に人がいないことを確認して部屋に入りました。

「実はシャロンのことなんです」

「シャロンがどうかしたの？」

「しばらく監視してたんですが、今朝見てしまったんです。シャロンの部屋から監督が出てくるのを」

「え？　ちょ、ちょっと待って。シャロンはアルトが好きなんじゃないの？」

「それが、つい昨日も俺を諦めていないと言われたんですが……でも間違いなく今朝見たのは監督でした」

「監督は家庭があるのよ？　まさか、体を使って役を取ったっていうの？　彼がベルを毛嫌いしていたのもシャロンが愛人で、彼女を贔屓したかったからってこと？」

「ありえなくはないです」

「と、とにかく、監督とシャロンの関係はもう少し詳しく調べてみましょう。とりあえず、このことは秘密ね。ありがとう、アルト」

「いえ。俺の方こそ感謝してます。もう少し注意深くシャロンを見張ってみます」

周りを窺ってアルトが部屋を離れました。シャロンと監督が繋がっていたとは驚きでした。

「お、驚いたわね。シャロンが監督と不倫していたなんて。アルトが好きだって思ってたから」

「ヒロインに抜擢してもらうために……でしょうか」

「監督がシャロンにそそのかされて動いていたってことかな……正直、そうやって役をもらう人も過去にはいたわ。チャンスをもぎ取ろうとガツガツしている人もいるからね。特別シャロンが不倫をしていても驚かないけど、やっていいことじゃないわ」

次の日の稽古はシャロンが床の板が割れたところに足を落として、ちょっとした騒ぎになりました。

やっぱり劇場の亡霊の仕業じゃないかと噂は広まっていく一方です。

「ベルの時は植木鉢とかあからさまに危険なものだったけど、シャロンの場合は些細な感じなのよね。

本当に亡霊の仕業なのかもしれないわ。それに緑のベレー帽をかぶった仮面の男が頻繁に目撃されているとか。不気味な姿は幽霊で間違いないって、皆怯えているわ。フェリも見たんだからベルの父親かも」

「今度はベルがシャロンにやり返しているなんて言われたら大変です。このことは黙っていましょう」

「そうね。ベルの父親の特徴なんて私たちしか知らないんだから」

緑のベレー帽の幽霊の件はベルには言わないでおきました。あれから私たちが目撃することはなかったですし、噂でしかありません。それにこれ以上ベルを困惑させるのも可哀想だと思うのです。

「なんだかフェリに申し訳ないわ。ヒロインが問題だらけの舞台になるなんて」

「コニー、気に病まないでくださいね。胎教によくありません。ラメルがまだベルのことを調べてくれているのです。もしもベルのお父様の潔白が証明されたら、ベルはヒロインに戻れるかもしれません」

「シャロンが脅迫文の本当の犯人なら、彼女と繋がっていた舞台監督も怪しくない？　ベルを襲った男たちを舞台倉庫に招き入れたのも監督ならできたんじゃないの？」

「ベルを主役から降ろすために事故を起こしていたのは監督かもしれませんけど、降ろした後に男たちに協力する必要はないのではないですか？」

「……それもそうね。アルトに未練があるシャロンならおかしくないけど、監督がそこまでする必要はないもの」

三人でウンウン頑張って考えましたが、それ以上のことは思い浮かびませんでした。

「フェリ、すぐに顧問探偵にこの情報を提供してみては？」

「みては？」

考えるのを早々に諦めた二人がワクワクする目で私を見ます。なんということでしょう、簡単に私を魔王に売るなんて。

「……わかりました」

しかし私もまたラメル様に頼ることしかできないのです。


「え、いらっしゃらない？」

二人に背中を押されて、休憩時間にラメル様の仕事場に顔を出すと、部下の方に今日は昼から休みを取っていると言われました。

「フェリ様、ダールさんもいないです」

「これは……」

お休みが取れたら真っ先に私とローダに会いに来るラメル様がいないのです。もしかして自らベルのことを探っているのでは……。よくよく考えてみると、ベルを救ってくれた時に、すぐにラメル様がダールさんを伴って現れたのはおかしいのです。そう思った私は急いでオリビアと劇場に戻りました。

劇場はなんだか変な雰囲気になっていました。

「あれ？　ソテラ様のところへ行ったんじゃないの？」

すぐに戻ってきた私たちを見てコニーが驚いた顔をしています。

「ラメルがいなくて戻ってきたのです。それより、何かあったんですか？」

「ああ、それがね？　亡霊が出たって監督が大騒ぎして、稽古が中断してるの」

「亡霊？」

「最近ずっと監督が青い顔をしていて、病気じゃないかって思っていたくらいなのよ。で、稽古中に亡霊が出たって騒ぎ出しちゃって。今は控室に行ってるわ」

「オリビア、これって偶然でしょうか」

「え？　何がですか？」

「……秘密の部屋に向かいましょう」

コニーをその場に残して、チケット売り場の奥の小部屋に向かうとオリビアがついてきてくれました。足を忍ばせてアルトがやったように棒を使ってかんぬきを外します。いきなり入ると多分、二人に押さえつけられる可能性があるので声をかけました。

「入りますよ？」

「え、フェリ様？　誰がいるって言うんですか？　ま、まさか、幽霊!?」

後ろでオリビアが震え上がっていましたが、そのままカチャリとドアを開けました。そこには私の予想通り、男が二人いました。部屋に入ると誰も入ってこられないようにもう一度かんぬきをかけました。

「亡霊騒ぎはラメルが起こしていたのですか？」

こちらを見た白い仮面の二人の男たちは緑のベレー帽に薄茶色の髪、指には天使の彫り物をした指輪をはめています。

「え、まさか、ラメル様とダールさんなんですか？」

私が片方の人の手をきゅっと掴むと、ラメル様が仮面を外しました。

「すぐに私だとわかったのですか？」

「夫婦ですもの、わかります。それより説明していただけますか？」

私がそう言うと隣にいたダールさんも仮面を取りました。

「実はバルバラの殺人現場を目撃されたポットスット伯爵の長男トーマスは、恐喝したベルの父親に三回にわたってお金を渡していたんです」

「三回？　でも、ベルの母親のところにお金が送られてきたのは一度だけですよね」

「それ、なのですけどね。送られた金額は彼が父親に縁切りとして渡された金額とほぼ同じなのです」

「と、いうと……」

「ベルの父親はそもそも恐喝などしていないのではないかと思ってます。そして、消えた死体の話。この劇場内にベルの父親の代わりにトーマスを恐喝し、死体を隠した人物がいるのではないかと」

「もしかして、それで犯人をあぶり出すために亡霊騒ぎを起こしたのですか？」

「そうです」

「犯人はベルの父親を装って恐喝し、まんまと大金を手に入れています。そして彼の死体を隠した」

「なんのために？」

「それは、ベルの父親の代わりに恐喝をしていたことがバレないためでしょう」

「自分は恐喝してお金を手に入れて、危険はベルの父親に押しつけたというのですか？」

「ポットスット伯爵の長男がベルの父親を川に突き落としたのは事実です。それで彼はベルの父親が死んだと思ってますからね。でも多分、ベルの父親はどうにかそこから生きて戻ったのではないでしょうか。この劇場に」

「あのお婆さんが言っていましたよね」

「ええ。ここから唸り声が聞こえたのは、ベルの父親がここにいた証拠ではないでしょうか。その時はまだきっと生きていたんです。そして、数日経って亡くなってしまった」

「では、犯人は……」

「ここで面倒を見ていたのが知られるのがまずかったのでしょうね。運悪く運ぶ前にお婆さんに死体を見られてしまい、仕方なく小火騒ぎを起こしたのでしょう。それで目を逸らして死体を運んだのではないかと思います。しかしこれらを考慮して、当時ベルの父親と懇意にしていた人物を探したのですが浮かび上がらなかったんです。そこで私とダールで少し、揺さぶってみることにしました」

「今、精神的に追い詰められている人がいるとしたら」

「犯人は舞台監督のサージェですね」

「なんとしてもベルを遠ざけたいはずだわ。自分が恐喝犯に仕立て上げて殺したも同然の男の娘だもの。きっとベルが役を降りても王都に残ったから気が気じゃないのね」

「私の目的は監督に罪の告白をさせて、ベルの父親の亡骸を見つけることです。それがベルをアンリエッタ姫にする最善の方法だと思います」

「……父親の無実が証明できたら、きっとベルは気持ちも晴れて舞台に立てるでしょうね。でも、人の名前を騙って大金を手に入れ、それを誰にも知られずに今日までやってきた狡猾な男が、罪を告白なんてするでしょうか」

「そうですね……ここは劇場で、役者がそろっています。一芝居打つのは簡単ですよね」

「役者さんたちに協力を頼むのですか？　でも、協力してくれるでしょうか。監督が恐喝の犯人なら、ますます劇の評判が悪くなってしまうかもしれません」

「役者たちは私が説得しましょう」

「それと……ラメル、監督とシャロンは不倫関係にあったのです」

「なるほど。だから彼女はベルのことを『犯罪者の娘』だと監督に聞いて脅迫文を書いたのですね」

「監督がシャロンを主役にするために協力していたのではなくて、シャロンが監督に協力してベルを遠ざけようとしていたということですか……」

「他に関係のある役者はフェリの目から見て、いそうですか？」

「そうですね。皆亡霊騒ぎを他人事のように噂していましたからいないと思います」

「それでは……エルランド氏に脚本を依頼してはどうでしょう？」

そう言うとカツラを取ったラメル様が微笑みました。ええ、それは世界を滅亡させる企てをしたような魔王の微笑みでした。


元々監督とシャロンに不満を持っていた役者さんたちは不倫関係を知って憤り、ベルに味方してくれることになりました。貴族のスポンサー離れを心配する人もいましたが、そこはラメル様がソテラ家が全力で保証すると宣言されたので安心したようでした。

それから数日後、公演前の通し稽古が行われることになりました。

エルランドによる巧みなシナリオで……。

9　断罪、そして愛妻は劇場の亡霊（ファントム）に愛を叫ばされる

「さあさあ、もう初日まで時間がない。今日の通し稽古は本番だと思って気合を入れてやってくれ」

亡霊騒ぎもこの間の一件から静まり、少し顔色も落ち着いた監督がそう言いました。今日はスポンサーの貴族たちも観客席から劇の出来具合を観（み）にやってきています。私たちも舞台袖の関係者席から舞台を観ることになっていました。私はコニー、オリビアと一緒に座ります。ラメル様も来ていますが、今は舞台のお手伝いに行っています。

「上手（うま）くいくかしら……どんな脚本より緊張するわ……」

「コニー……顔色が真っ青よ」

「ちょっと今朝からお腹（なか）が張ってて……」

「無理しちゃダメですよ！　オリビア、コニーを休ませてあげられるところはないかしら」

「でも、どうなるか心配で……」

「大丈夫ですよ、今日はラメルもいてくれますし、オリビアと一緒に舞台を見守ります。安心して休んでください」

「後で絶対報告してね……うう」

「わかったから、安心して」

心配そうなコニーを諭してオリビアに任せました。確かにこれから起きることがどうなるか気になるでしょうが妊婦ですから無理は禁物です。

「横になれる部屋に連れて行きました。コニーの家の使用人にいてもらえるように声をかけたので大丈夫だと思います」

「ありがとう、オリビア」

コニーを送り届けたオリビアが席に戻ると私も緊張してきました。

「上手くいきますように」

私は膝に置いた手を祈るように組みました。


ブザーが鳴ると劇場は静まり、幕が開きました。

第一幕はわがままな王様に振り回されている騎士のランドールが嘆いているシーンから始まります。后にと望んだ隣国の姫君アンリエッタは、王の横暴さに辟易してその求婚を断ります。怒った王は伝説の『妖精の涙』という惚れ薬を手に入れ、舞踏会に呼んだ王女に飲ませることに成功します。けれども、その効果で恋に落ちてしまったのはひょんなことから王女を介抱することになったランドールだったのです。

「騎士のランドール、いいわぁ。あの役者、誰だったかしら」

　客席の方からひそひそと誰かの声が聞こえます。確かにアルトはとても素敵な騎士姿を披露していますが、私は騎士姿のラメル様を知っているだけに、まあ、そこそこ、だなんて思ってしまうのです。夫びいきは自覚していますが、そこは許して欲しいです。

　シャロンがアンリエッタ姫のパートの歌を歌います。アルトに言われてから少しは反省したのか、以前よりは完成された歌声でした。けれどベルの歌声を知っているだけに物足りなさを感じます。

　中央にシャロンが出てきた時にパキン、と音がしました。シャロンの体が斜めに傾きます。歌が止まってしまい、観客席がざわざわし始めました。

「ヒールが折れたくらいで歌を止めるなんてね」

　隣で冷めた声のオリビアがつぶやいていました。舞台上のシャロンはハプニングで歌が飛んでしまったようです。その時、役者の一人が言い出しました。

「亡霊だ！　亡霊の仕業だ！　もう、いい加減にしてくれ！」

「劇場に住んでいる亡霊（ファントム）よ！」

　そう言って舞台の中央に立つシャロンの周りに皆が集まり出しました。観客はてっきり劇のシナリオだと思って、口をつぐんでまた観劇を続けました。

「何を馬鹿なことを言い出したんだ！　おい！」

　役者が勝手に舞台に集まり出したのを見て、監督が慌てて声を出しました。

「監督、もう、俺たちは頭がおかしくなりそうです」

「そうです！　ずっと亡霊に舞台を邪魔されて」

「亡霊、なんて……配置に戻るんだ、今日はお披露目なんだぞ。劇を続けろ、シャロン！　歌を！」

皆が集まって騒ぎ出したので、シャロンもオロオロするばかりです。

そこで、照明が落とされ、急に劇場が真っ暗になりました。

キャア！

なに？　演出なの？　そんな声も聞こえ、一旦静まった後にぼんやりと照らし出される人物がいました。

「あれを見ろ！」

「劇場のファントムだ！」

その声に舞台上を見ると白い仮面をかぶった男が闇の中から浮かび上がりました。頭には緑のベレー帽、明るい茶色の髪……あれはベルの父親に扮したアルトです。劇中に騎士役のアルトがラメル様と入れ替わり、父親役を演じる段取りになっているのです。急遽決まったエルランドのシナリオですが、アルトと問題なく入れ替われる背格好の人材が役者ではいなくて、ちょうど同じ体形のラメル様が手伝うことになったのです。

ベルの父親が現れたことに腰を抜かして驚いているのは舞台監督のサージェでした。

「まさかそんな。いや、誰がこんなことを！」

照明がぼんやりと舞台の役者たちを照らしました。明るくしすぎず恐怖を誘おうというコニーの演出です。

「監督、どうしたんですか？」

「あの、悪趣味な仮面の男を摘まみ出せ！」

「仮面の男？」

「ロナルドに扮装したあの男だ！　忌々しい！」

「そんな男、どこにいるんです？」

「へっ？」

仮面の男なんて見えないと舞台上の役者さんたちが言います。サージェは自分しか見えていないのかと不安になっているようで、周りをキョロキョロと見回していました。さすが熟練の役者さんたちの真に迫った演技です。

「皆、どうしたっていうの？　変な男が舞台に上がってきているじゃない」

シャロンが監督に駆け寄ってそう言います。シャロンには見えていると知って、いくらか監督は安心したようでした。その時、アルトが監督とシャロンに向かって指をさしました。

「ひいいっ！　こっちに来るな！」

「あの仮面の男を知っているんですか？」

恐怖でおののく監督にシャロンが尋ねます。

「ベルの父親だ、あいつの！　なんだって今更！」

そこで、ゲホゲホとアルトが苦しそうに咳き込む演技をしました。それを見た監督はみるみる顔が蒼白になっていきます。すがるようにアルトが伸ばした手を避けて監督が後ずさります。

「お、俺が放っておかなくたって、死んでいたんだ。お、遅かれ早かれ、お前は死んでいたんだ」

「監督？　何を言ってるの？　ベルの父親は殺人を目撃して恐喝して殺されたって……」

「俺を……だせ、ここは暗くて……ゴホッ」

低い声を上げながらアルトが監督に近づきました。

「わ、悪かった！　悪かったから！」

「許さない……」

隣にいたシャロンは他の役者に押さえられて監督には近づけません。アルトは監督が逃げられないように腕を掴みました。

「父の亡骸をどこへやったの！」

そこへ、観客席の方からベルがやってきました。

「べ、ベル……！　こ、こいつを！　お前の父親をなんとかしてくれ！」

「父は貴方を恨んでいるのよ！　答えて！　どこへやったの！」

「ひいいっ！　ぼ、墓地の木の下だ！　ここから近い墓地だ！　言った、言ったから！　許してくれ！」

「ポットスット伯爵を恐喝してお金を受け取っていたのは貴方だったんでしょう⁉」

「そ、そうだ……でも、もう、いいじゃないか！　お前の親父(おやじ)は死んだ、死んだんだから！」

監督はそう叫んでがむしゃらに体を動かしました。その拍子にアルトの仮面に腕が当たり、仮面が外れて転がっていきました。

「ア、アルト⁉　……どういうことだ……？」

床に落ちた仮面と周りの役者の様子を見て監督が息を呑(の)みました。

「もしかして、仕組んだのか？」

「……監督は自白したんです。証人は今劇場にいる全員です。罪を認めてベルに謝罪してください」

アルトが言うと監督は観客席を眺めた後にベルを見ました。無数の目が彼を見つめていました。

「お、お前が父親なんて捜さなければ、こんなことにはならなかったのに！」

焦って監督がベルに吐き捨てます。

「貴方が恐喝なんてしなければ、父は川に落とされなかったのよ！」

「お前の父親は金が欲しいくせに何もできない腰抜けだっただけだ。せっかく脅せるネタが有るのに、バルバラが殺されたと騎士団に報告すると言い出した。だがな相手は貴族なんだ、どうせもみ消される。強請(ゆす)った方がいいに決まってる！」

「父には良心があったのよ！」

「はっ、馬鹿だっただけだ。川に落ちて死んでくれたらよかったのに、助けを求めて劇場に来るなんて大迷惑だったさ」

「父をあの小部屋に放置したの？」

「匿ってやっただけ感謝して欲しいね！　俺をどれだけ苦しめたら気が済むんだ！　何日も唸り声を上げやがって！　すぐに死んでくれたらよかったのに！」

「ひどい！　なんてことを……」

「くそぅ！　俺は、もう、終わりだ……金も、監督の地位も手に入れたのに！　アーッ！」

急に叫んだ監督が観客席を見回し、関係者席に座っていた私と目が合いました。

え、と思った時には血相を変えた監督が舞台美術を破壊しながらこちらに向かってきていました。

キャー

キャー

キャー

ガシャン！　ガシャン！

客席は騒然となり、皆逃げまどいます。

「フェリ様！」

なぜか私を目指してきた監督は、私を庇って前に出たオリビアを横に倒してしまいました。

「キャッ！」

「オリビア！」

「フェリ！」

ラメル様の声が聞こえた時には私は羽交い絞めにされて捕まってしまいました。なぜ、私を？

「近づくな！　この女がどうなってもいいのか？　知っているんだぞ、この女が公爵家の女だってな！　傷つけたくなければ逃亡する馬車と金を用意しろ！」

この期に及んでまだ逃げようだなんて……。この男は私を人質にするために捕まえたのです。

「ラメル！」

こちらに向かってくるラメル様の姿に叫ぶと腕に力を入れられてしまいました。ぐ、首が締まって苦しい……。

「黙れ、早く用意するんだ！」

「馬車と金は用意します。フェリを解放しなさい」

苦しさに目を細めると、ラメル様がぼんやりとした姿で見えました。

「誰だ、お前は……」

「その人は私の妻です」

ラメル様はベルの父親役になったアルトの代わりになるために、仮面をつけて騎士の姿をしていました。

「妻……？　お前、もしかしてランドールか……おっと、動くな、動くとお前の大事なアンリエッタの首が絞まるぞ」

仮面を取ろうとして動くのを監督が警戒して止めます。

「では、金はいくら用意すればいいですか？」

「う、動くなと言っているだろう！　か、金は金貨百枚をすべて銀貨に換えて用意しろ」

「百枚をすぐには無理です。それに銀貨で集めるなら時間がかかります。その間、妻を拘束する気ですか？」

ラメル様が交渉をし始めました。考えるように腕を組んでいますが、こちらを見ながら肘のところを手でトントンと叩きました。

「い、いくらならすぐに用意できるんだ！」

「今すぐ用意できる金貨は五十くらいです。銀貨は換金所にどのくらいあるかわかりませんから、あるだけ交換するしかできません」

「くそ、それでいい」

「用意しますから、妻の首に巻きついた腕だけでも離してください」

「……腕だけだ」

そう言って監督が腕の力を緩めました。その時、ラメル様が頷いたのが見えました。今です！

私は膝を曲げ、重心を下げて、後ろの相手の顔が下がったところで肘を当てました。

「グエボッ！」

すかさず反対側からも肘を打ちつけます。顎と顔面に二打入って、監督の腕が緩みます。私は監督を振り払って体を離すことに成功しました。

「ガハアアッ！」

体が監督から離れた瞬間、監督を蹴り上げて、そのすき間に入り込むものがありました。

「ラメル！」

「よくやりましたよ、フェリ」

「このっ！　ぐはっ」

私を後ろに庇ったラメル様が、諦め悪く向かってきた監督の腹に膝蹴りを入れてから、前のめりになった背中を肘で打ちました。強烈な蹴りと肘が入って監督が床に崩れます。

「フェリ……」

すぐに振り向いたラメル様が私の首にいたわるように手を沿わせました。絞められて少し赤くなっているのかもしれません。いつの間にか落ちた仮面の下には私を心配する顔が現れていました（私にはわかりますとも！）。

「地獄を見せてあげますよ」

ラメル様から、低い地を這うような声が聞こえました。

「フェリ様！」

駆けつけたオリビアに私を渡したラメル様が監督に向き合いました。回転する体にひらりとマントが揺れました。ラメル様はよろよろと立ち上がっていた監督にあっという間に回し蹴りをしました。

監督は舞台の方へ吹き飛ばされました。

「く、来るな！　わあああっ」

尻餅をつきながらじりじりと監督が移動するのをラメル様が追いかけます。

中央に二人が移動した時、なぜか上を見た監督が叫びました。

「シャロン！　やれ！　二番の綱を外せ！」

その声で皆の目がシャロンを探しました。気がつけば舞台の隅でこちらを見ながら震えているシャロンが綱を持っています。

「シャロン！」

二回目の声でびくりと体が揺れて、その瞬間ラメル様と監督の頭上にあった大きなシャンデリアが大きく揺れました。

「ラメル！　危ない！」

予想外の出来事に私は叫びました。

左右に揺れたシャンデリアがガラスの装飾を宙に巻き上げながら落ちるのがスローモーションのように見えました。

ガシャン！

シャンデリアはラメル様の真上に落ちたのです。

「う、嘘(うそ)……嘘よ」

「フェリ様！」

オリビアの声が聞こえた気がしましたが、私は一心不乱にラメル様の元へ向かいました。彼のところに行きつくと、真上に落ちたように見えたのに、シャンデリアは避けられていたようでした。でも、ラメル様は体を縮めて伏せたまま動きません。

「ラ、ラメル……」

声をかけてもやっぱりラメル様は動きません。どこか、怪我でも……。

体を少し横にして膝に頭を乗せました。顔を覗き込みましたが、目をつぶったまま、息が確認できるだけです。どこか倒れた時に打ってしまったのかもしれません。まさか、こんなことになるなんて。

涙が溢れてくるとラメルの唇が動きました。

「フェリ……」

私の名を呼んだ続きは唇の動きだけでわかります。『愛しています』、そう言っているのです。

「ラメル、私も、私も愛してます。ああ、どうしよう、誰か……」

誰かに助けを、と周りを見るとラメル様の腕に力が入り、私のスカートを掴みました。

「……もう一度……」

「愛してます、貴方を、だから、死なないで。ラメル……」

「……もっと」

「愛してます！　ラメル！」

なりふり構わずそう叫ぶと満足そうにラメル様が微笑(ほほえ)みました。

……ん？

もっと？

何か、おかしい、と思った時にがばりと起き上がったラメル様に抱きしめられました。

「え……？」

喧騒(けんそう)の中、一瞬だけ、皆の注目を受けました。え、何、これ……。

「そんなに叫んでもらえるとは。私も愛してますよ」

そう言ってラメル様は私をマントで包みました。

「心配して駆けつけてくれたのは嬉(うれ)しかったのですが、ダメですよ。ガラスが落ちて危ないですからね」

「まさか、私が駆けつけるのが見えたから動かなかったのですか？」

「いつでも愛してると言ってもらいたいのです」

「ひゃっ」

そのまま抱き上げられると、じっと首元をまた見られてしまいました。そ、そんなに赤いのかしら。

「あ……監督は……」

「気にしないでいいでしょう」

監督のいた方向を目視したラメル様にそう言われて、そのまま私はラメル様に運ばれました。後か

ら聞くとシャンデリアはまともに監督の上に落ちたようで、監督はすぐに病院へ運ばれたそうです。頭から血を出して驚いて気を失ったようですが、命に別状はなかったそうです。

ベルの父親の亡骸は供述通り、劇場近くの墓地の木の下で見つかりました。ベルはその骨の一部と出てきた結婚指輪を母親の眠る共同墓地に一緒に入れてもらうことにしたようです。

事の次第をコニーに報告するために皆で集まりました。本当に不思議だったのはあのシャンデリアでした。

「あの時、確かにシャンデリアはラメルの真上にあったのに……」

「ありえないくらい揺れたんです。落ちるのに備えて体を伏せたのですが、シャンデリアは監督を狙うように落ちました」

ラメル様の説明が加わるとブルリと体が震えました。

「まるで監督に恨みでもあるように……ですね」

「劇場の亡霊（ファントム）……」

オリビアの言葉に皆が黙りました。誰がどう見ても、シャンデリアは監督を狙って落ちたのです。

「そ、それでシャロンはどうなったのですか？」

「綱を外してシャンデリアを落としたのはシャロンだもの、監督の声に従ったからといって、それで監督が大怪我をしたのには変わりないわ。どういう罪になるかはわからないけど騎士団に引き渡したわ。まあショックで声も出なくなったみたいだけどね。これから監督と一緒に裁かれることになるでしょうね」

「ラメルの上に落ちるはずだったのですもの、どちらにせよ、許せません」

無事だったからこうして落ち着いていられるのです。もし、本当にあのままラメル様の上に落ちていたらと思えば、あの二人に同情などする気は一切起きませんでした。

「フェリ奥様、旦那様、本当にありがとうございました。お陰で父の汚名を返上でき、母と一緒にしてあげられます」

ペコリとベルが隣のアルトと共に頭を下げました。今回のラメル様の計画は一芝居打つ前にベルに一通り説明していました。寄り添っている二人はとてもいい雰囲気です。少し気にかけていたことを彼女に謝罪します。

「ベル……あの、勝手にラメルが貴方のお父様の姿を真似たことは許してください」

犯人をあぶり出すためとはいえ、亡くなった人を真似たのです。ベルにはあまり気持ちのいいことではなかったでしょう。

「緑のベレー帽の亡霊の噂は食堂で聞いて知っていたんです。えへへ……ちょっと、会いに来てくれるかなって。亡霊でもなんでも、期待してました」

「ごめんなさいね」

「あの、フェリ奥様、わたし、シャンデリアは父が監督の上に落としたんだと思います。シャロンが綱を外したのが見えた時、肩を誰かに掴まれたんです。きっと任せろって、言いたかったんじゃないでしょうか。父が舞台倉庫でわたしを救ってくれた旦那様を悪く思うわけがありません」

「ベルが言うなら……きっとそうですね。ラメルが口頭で説明して作ったそうですから貴方のご両親のものとは違うデザインですけれど、この指輪をもらってくれませんか？　こちらで処分するのはちょっとどうかと思って。煮るなり焼くなり好きにしてもらえばいいのですが……」

ベルの両親の唯一の指輪を真似て作った指輪をベルの手のひらに乗せました。ラメル様とダールさんの分で二つあります。サイズは調整できるように後ろにすき間があるフリーサイズになっていました。

「それ、俺に一つくれないか？　いずれはちゃんとしたものを贈るけど、今はそれをつけるのが未熟な俺たちを見守ってもらえるような気がするんだ」

手のひらに乗った二つの指輪を眺めていたベルにアルトが言いました。

「え？」

困惑するベルにアルトが片膝をつきました。

「姫様、私に大切な指輪をください。そして、貴方を一生守る権利をください」

「アルト……何を？」

「ベル、アルトは少し早いプロポーズをしているのよ？　交際宣言かしら」

オリビアが説明してあげるとベルは真っ赤になりました。

「……喜んで」

指輪をはめたアルトとベルが顔を見合わせて笑います。まるで簡単な結婚式のような場面に私たちもなんだかムズムズして胸がいっぱいになります。

「すべては父が導いてくれたような気がします」

この劇場は田舎から出てきたベルを優しく受け入れてくれた場所です。それはきっと、彼女の父親が守ってくれていたからに違いありません。そのまま私たちは花を手向けるために、ベルの父親が眠る墓地へと移動しました。

多くの証人の前で舞台監督のサージェが告白し、供述通りに遺体が見つかったために、ベルの父親の潔白は明らかになりました。

女優バルバラが亡くなっているのを目撃したベルの父ロナルドは、ポットスット伯爵長男のトーマスに頼まれてバルバラの死体を運ぶところまで手伝ったようです。トーマスは勘違いしていましたが、恐喝していたのはすべて当時監督助手だったサージェです。黙っていることに恐くなったロナルドがバルバラの殺害を騎士団に告発しようと相談したのを思いとどまらせて、ロナルドを騙って恐喝してお金を受け取っていたのです。

落とされた川から這い上がったロナルドは助けを求めて劇場を訪れ、サージェはロナルドを秘密の部屋に囲いました。が、放置した結果、ロナルドは亡くなったのでしょう。亡霊だと言われた唸り声はロナルドの声だったのです。

ベルがアルトに付き添われながら、父親の遺体が埋められていた木の根元にワスレナの花を供える姿を、私はラメル様と後ろから見守りました。

「劇場の一室で放置されるなんて苦しかったでしょうね」

「一番無念だったのは妻子を残して逝ってしまったことでしょう」

「そういえば、シャロンも嫌がらせを受けていましたね。あれもラメルが仕組んだのですか？」

「さすがに人に危害を加えようとは思いません。私がダールとしたのは仮面をつけてロナルドに扮装して姿を見せるくらいのことです」

「では、シャロンが主役になった時、小さな事故が起きていたのは……」

「きっとベルを守るために劇場のファントムは存在していたのでしょうね」

その時、一陣の風が吹き込んできました。

供えられた小さな花が飛んで、ベルの手のひらに乗ります。

「お花っこ飛ばしてしまうなんて、喜んでぐれでらの？　……。お父さん……」

ベルが膝をついて泣き崩れました。それをアルトが支えます。きっと、二人はこれからも活躍し、幸せになるでしょう。

10　ハッピーエンドは笑顔に囲まれて

「ベルが主役に戻れたのはよかったんだけど、通し稽古で事故が起きちゃったからなぁ。貴族のスポンサーが減っちゃったのよね……仕方ないけど。これじゃあ、せっかくの公演初日に人が集まるかどうか。初日は貴族が集まらないとね……まあ、スポンサー料は十分すぎるくらいソテラ家からもらっているんだけど」

「貴族の知り合いとなると、私ではあまりお役に立てませんが、なんとか人が集まるように声をかけてみます。お義母様も協力してくださるだろうし……」

「フェリ、お願いね！　ポスターをもう一度ベルに書き換えてもらって、パンフレットも差し替えて……ああ、初日に間に合うかしら。しかも後手後手で宣伝が間に合わない！　ダンにも走り回ってもらわないと！」

お腹の大きなコニーは今日もパワフルです。少し迷いましたが、私はロネタ国のセゴア様とフローラ姫様にお手紙を書きました。王太子妃のミシェル様も話を広めてくださるということです。確かに舞台初日に客席の空席が目立ったら、役者さんたちもやるせない気持ちになるでしょう。

フローラ姫様からは『夫と行くから一番いい席用意しといてよ』と返事が来ました。セゴア様もゼパル様とわざわざ観に来てくれるらしく、嬉しい気持ちになりました。

元は私とラメル様の話だと思うと恥ずかしい限りですが、是非ベルとアルトの美しい歌声を聞いていただきたいです。舞台は素晴らしい出来で、端役の役者さんですら熱意がみなぎっています。

そうして初演に向けて慌てて準備が行われました。

ただ、スポンサーに見せる通し稽古でトラブルが起きたのが尾を引いていて、やっぱり初日のチケットの売り上げはよくありませんでした。

「やはり、こっそりとどなたか雇って座ってもらった方がいいでしょうか」

心配してラメル様に声をかけると、安心させるように手を握られました。

「初日は大騒ぎになるでしょうからね。人は少ない方がいいでしょう」

「え？」

ラメル様が不思議な言い方をしました。大騒ぎ？

そうして初公演が行われる前日。大きな船が港に到着しました。

「ど、どういうことですか？」

「どうって、フェリがロネタに手紙を送ったと聞きましたよ」

「ロネタ国のセゴア様には送りましたけど……」

「そこから、ベテルヘウセ帝国の皇帝に知られてしまったのですよ。皇女様に観たいとせがまれたみたいで。ゼパル様とセゴア様とご一緒に来られたそうです」

「……ビアンカ皇女が」

『お姉様』と慕ってくださるビアンカ皇女なのですが、私とラメル様を神聖視しているところがあるので正直観劇してどう思われるか不安です……。

「明日の観劇を楽しみにしているそうです。あと、フローラ姫も先日こちらに到着したようですよ。フェリに招待されたとギャーギャー偉そうに吠えていました」

「フローラ姫様は旦那様と来られたのですよね」

「あのフローラ姫が骨抜きになる夫とやらは是非見てみたいものです」

「それは、確かに」

お手紙でも旦那様をとても大事にしている様子が見て取れるのです。フローラ姫様をそんなふうにさせる男性に大いに興味があります。

初公演日、急な皇帝の来訪で国は大騒ぎになりました。港に停泊している大きな船からはラッパの音が響き渡ります。しかも、劇場に向かう間もド派手なパレードのような演出で、紙吹雪をまき散らしながら音楽隊と共に大通りを皇帝が乗る馬車が通りました。

「皇帝が観劇にこんなところまで足を運ぶなんて……ど、どうなってるの……外は大騒ぎよ」

外の騒ぎを見てコニーが顔を青くしています。今日はクイーマ氏も駆けつけてくれています。

「すみません、こんなに大事になるなんて……」

苦笑いしながらローダを抱き上げているラメル様を見ますが、平気な顔をしていました。こういう時は表情がないのが役に立ちます。いえ、魔王ですから、別段気にしていないのかもしれません。

「フェリ！　来てあげたわよ！　ついでだから紹介してあげるわ！」

元気な声が聞こえて前を向くと、向こうからフローラ姫様がやってきました。隣には浅黒い肌をした絶世の美少年がいます。いつから姫様は美少年を隣に置くようになったのでしょうか。あんなに大切にしている十五歳年上の旦那様がいらっしゃるというのに。

「ああ……誤解してるでしょ。もう慣れてるからいいけどさ。紹介するわ。私の旦那様のミュージアよ。ミュージア、こちらが私の親友のフェリ」

「ええっ。あの、そのフローラ姫様の旦那様でしたか……。初めまして……と、言いますか、親友って、ええっ」

「何よ、あんなに手紙のやり取りもして、身の上も語り合ってるのに、親友じゃダメだっていうの？」

「い、いえ……姫様がそうおっしゃるなら……嬉しいです」

「フローラ姫、妻を困らせないでいただきたい。一方的な好意は迷惑ですよ」

「出たな！　冷徹男！　きいいいいっ。私とフェリは仲良しなのよ！」

「これだから友達の少ない人は……すぐに勘違いして」

「ラ、ラメル、せっかくフローラ姫様が親友だとおっしゃってくださっているのですから」

フローラ姫様とラメル様の言い合う様子を見ていると、ミュージアア様と目が合って互いに笑ってしまいました。この方が十五歳も年上の旦那様だなんて嘘みたいです。けれど、フローラ姫様を見つめる温かいまなざしがすべてを物語っているようでした。

『アンリエッタとランドールのモデルだそうですね。僕は『恋の嵐』の大ファンです。これから劇を観るのが楽しみです。よろしくお願いします。あと、フローラは本当にフェリ様を慕っています。ちょっと、口が悪いところもありますが、照れ屋なものですから」

「ええ。存じ上げています。貴方がフローラ姫様を思いやりのある素敵な女性にしたことも」

ミュージアア様がうっすらと微笑まれました。すると少し外の風に当たったのか咳き込まれました。それを見た姫様がラメル様との言い合いをやめて飛んできます。

「ミュージア、ここは風が入るから奥に行きましょう。じゃあね、フェリ、観劇を楽しみにしてるわ！　ラメル、そのうちぎゃふんと言わせてやるから」

病弱であると聞いていますがミュージア様は儚い印象で、姫様が大事になさるのがよくわかります。なんだか微笑ましく思ってしまいました。

「お姉様！」

「あ……」

次に現れたのはゼパル様夫妻と皇帝親子です。

「はるばるおいでいただきありがとうございます」

　私とラメル様が頭を下げると、ビアンカ皇女が腕にまとわりついてきました。

「お姉様夫婦の恋物語が元になったお話だなんて、すごすぎます！　観劇後は書店を回って本を買い占めて帰りますからね！」

「あ、ありがとうございます」

「まあ、なんだ、これで少しは宣伝になっただろ。ロネタでは世話になったからな。なんだったら帰る時についでに船に乗るか？　そのままこっちに遊びに来てもいいからな」

「ド派手なご登場ありがとうございます。遊びに行きたいのはやまやまですが、スケジュールを調整しなければならないので、今回はご遠慮いたします」

「なんだラメル、つれないな。今回、ヤハナが来られなくてな。ひがんでいるからそのうち絶対遊びに来いよ。おっともう始まるな。また後で。ビアンカ、行くぞ」

「フェリ様！　今回は置いてきましたが、ローダのお誕生日会には是非ラシードも連れて行きますからね」

「セゴア様も、わざわざ来てくださって、嬉しいです。お誕生日会も来てくださるんですか？」

「ええ！　絶対招待してくださいね」

「もちろん！」

　セゴア様とハグして、別れます。ガハハ、と相変わらず豪快に笑っていた皇帝とビアンカ皇女を追って慌ててゼパル様とセゴア様がついて行きました。

「皆さん、わざわざ来てくださるなんて……」

今日はソテラ家の皆様も来てくれています。無事婚約したユカリナ様もステア様と仲睦まじい姿でいらしています。

「ラメル様、フェリ様、本日はお招きありがとうございます！」

「ユカリナ様、こちらこそ、来てくださって嬉しいです」

ステア様に腰を抱かれたユカリナ様が硬い表情で私たちに挨拶してくれました。どうもユカリナ様はラメル様の無表情に慣れないのか少し苦手なようです。今も軍部の上官に挨拶する新兵のように緊張しています。今日はドレスを纏っておられますが、凛々しい立ち姿が騎士そのもので、そのアンバランスさがなんだか可愛い人です。

「ラメル兄さん、俺たちの席だけなんで一番端になってんの？」

「ステアが最後まで観劇などできると思っていないからです」

「いくらなんでも兄さんたちの話の劇なら大丈夫だよ。俺も出てる？」

その言葉に私とラメル様がぎくりとします。家出の手引きをする役は『おどけた子ザル』になっているからです。ラメル様は『ステアは本なんて読みませんし、開演五分で寝るので一生知ることはないでしょう』と言っていました。

「ステアの役はお楽しみです。……そんなに自信があるなら、最後まで眠らないか賭けますか？」

「あ……いや……ごめんなさい」

「フェリお姉様！」

声をかけられて振り向くとアメリ様とお義母様がお義父様を伴っていらっしゃいました。

「今日の公演、楽しみで昨日は眠れませんでした！　誰がなんと言おうと物語になるなんてすごいことなんですから。お姉様はやっぱり、ソテラ家に幸運を呼び込む人よ」

「いいえ、ソテラの皆様に迎え入れてもらえてやっと立っているだけです。アメリもお友達を呼んでくださってありがとうございます」

「フェリ、どう？　緊張してない？　大丈夫かしら」

「はい、緊張は……正直していますが、大丈夫です。お義母様もたくさんお友達を誘ってくださってありがとうございます」

「いいのよ～。可愛い娘のためだもの！　さあ、ラメルとフェリのラブラブ劇でも見せていただきましょうか～。アントン、楽しみね」

おどけて言うお義母様に今更ながら恥ずかしくなります。けれど、エルランドの脚本も、役者さんたちも、皆とても頑張って仕上げてきた劇です。なんとかたくさんの人にこの素晴らしさをわかっていただきたいです。

「さあ、フェリ、私たちも席に行きましょう」

「はい」

ラメル様の手を取って、観客席に入ります。そうして、初日の幕が上がりました。ローダが静かに観ていられるか心配していましたが、意外にも最後までラメル様のお膝の上で楽しんでいました。

結果から言うと舞台は大成功でした。観客席から鳴りやまない拍手とスタンディングオベーション。それは役者がもう一度カーテンコールで出てこないと収まらないほどでした。

——今でも、自分たちの恥ずかしい話を広めるようなことをして、これで良かったのかと思います。けれども今回、様々な人の手を借りて一つのものに取り組み、話し合い、考え合い、その結果、納得のいく舞台を作り上げることができました。私一人の力は小さなものでも、たくさんの知恵や力を借りると大きなことが成し遂げられると知ったのです。

たくさんの人の手と、小さな奇跡と。

諦めない気持ちと、人を大切に思う気持ち。

自分たちの話がこんなことになるなんて誰が想像できたでしょうか。

周りの人に支えられて生きていると実感でき、心が熱くなります。

きっとこれからも、失敗や、思いがけない出来事に見舞われることもあるでしょう。

隣にいるラメル様の手をギュッと握ります。

私を支えてくれて、いつでも守ってくれる人。

私よりも私のことを大切にしてくれる人。

私が守りたい大切な人。

この先、何が起きたとしても、ラメル様がいる限り、きっとどんな難題も解決していけると思います。


皇帝や王太子夫婦など大物ぞろいの初日の客席が話題を呼び、何より関わった皆の熱意が届いた『恋の嵐』の舞台は延長公演が続くほどのロングランヒットとなったのでした。

＊＊＊

「皇帝が来るなんて、驚いたでは済みそうもなかったわよ！」

「私もまさかこんなことになるなんて……」

「それで、フェリの生活に変化はあったの？」

「それがさあ、おっかしいの。夫婦参加で是非って急にあっちこっちからお誘い三昧よ。以前はフェリの名前だけ招待状に書いてこなかったような連中までもよ？　いやあ、エルランドさまさまよ」

「感謝してます」

「シナリオが上手くいったのはフェリが協力してくれたお陰よ。私こそ素晴らしい舞台に仕上がって感謝してるもの」

「そもそも、仲介してあげた私に感謝すべきだわ」

「「感謝してます！　オリビア！」」

二人で声をそろえて言うと、オリビアが得意顔をしたので笑ってしまいました。

「これでコニーも安心して出産に臨めますね」

「このお腹に癒（いや）されるのもあと少しの間よ。存分に楽しんでね」

コニーの声にいそいそと二人でお腹に手を当てました。

「前にせり出すと男の子だって言いますね」

「男の子かしら」

「ええと、コニーのところは一番上が男の子で二番目が女の子、三番目は男の子なんですよね？」

「順番で言うと女の子ね」

「元気に生まれてきたらどちらでもいいわ」

「ふふ、そうですね」

「……あれ？　なんか痛いかも……」

「え」

「予定日は二週間後なんだけどな……気のせいかな……うっ」

「気のせいじゃないでしょう！　オリビア！　ダンさんを呼んできましょう！」

「ダンより馬車の手配、お願いできる？　産婆も……」

「わかった！　急いで手配するわ！」

さすがは四人目とあって、コニーの的確な指示に従い、陣痛の波の間に移動しました。いろいろ出産の算段もつけていたようで、クイーマの屋敷に着くとスムーズに産婆さんも到着して、そのまま出産となりました。私とオリビアはやってきたダンさんと交代して、ソテラの屋敷に戻りました。

「男の子だったそうよ！」

次の日の朝にはそんな嬉しい報告も受けて、私はオリビアと大喜びしました。

「すぐに駆けつけてもいいのかしら」

「超安産だったらしくて母子ともにぴんぴんしているみたいですけど、今日は遠慮しておきましょうか。明後日くらいに顔を出すと伝えておきますね」

「何か滋養にいいものを持っていこうかしら」

「コニーはルクセン通りの鶏の丸焼きが好物ですからね……すぐに予約をしておきます」

「……うっ……」

「……フェリ様？」

「なんだか想像しただけで匂いにあてられた気分になってしまって……」

「そういえば、ここのところ眠そうにしていましたね」

「……」

確かに何かにつけてとにかく眠いです。

「もしかしたらコニーのお腹なでなでのご利益があったかもしれませんね」

その日を境にラメル様がより一層、私の食事に気を使い、過保護になったのは言うまでもありませんでした。護身術の稽古が免除になったことが一番嬉しかったかもしれません。

「フェリ、これはどうですか？」

「いえ、もうお腹いっぱいで……」

「一口でも」

「……」

朝食からラメル様が私の世話を焼いてくるので大変です。妊娠したことはお義父様とお義母様に告げましたが、もう少し安定するまではステア様やアメリ様には内緒です。ステア様と婚約者のユカリナ様の結婚式も迫ってきていたのでいろいろと手伝いたいのに、ラメル様からは招待状の宛名書きしか許してもらえませんでした。アメリ様が張り切って仕切っているので人丈夫でしょうけど、騎士であるユカリナ様はあまりドレスなどに興味がないようで割と無頓着です。加えてステア様は結婚式を行うことには意欲がありますが、詳しく決めるのは苦手なようでした。これは周りが世話を焼かないと進みそうもないとお義母様が零していました。

「あなたの～そのくろい～かみにあわせた～」

ローダが同じところばかり歌いながら私と手を繋(つな)ぎます。ベルの歌を気に入って真似(まね)て歌っているのです。一度、皆で褒めてからは歌うのが楽しくなったのか最近はいつもこの調子です。もうすぐお誕生日がくるとローダは三歳になります。ステア様とユカリナ様の結婚式があるのでお誕生日会はずらして行うことにしました。当日はベルとアルトも歌を歌いに来てくれる予定になっています。

もう親しい友人には招待状を送付済みです。セゴア様が一番張り切っていて、ローダにラシード様を会わせると言ってくれました。

そうして、なんだかんだとワーワー言うステア様の結婚式もアメリ様の主導で無事に終わり、ローダのお誕生日会の日が来ました。ローダの周りの大切なお友達を呼んで、ソテラ家の庭でパーティが行われました。心配していた天気も快晴で、ローダは今日のためにあつらえた、もこもこしたリボンがたくさんついたピンクのドレスを着ています。それはラメル様が初めて私に贈ってくださったドレスに似ていました。

「おまねきいただけて、こうえいですわ」

少しお姉さんになるティアラ様がブルーのドレスを摘まんでご挨拶してくださいます。なんと可愛いことでしょうか！　プレゼントを持ってきてくれたようで、大きな包みをローダに渡していました。

「ティアア、ありがと。だいすき！」

ローダが待ちきれなくてチェリカに手伝ってもらいながら包みを開けました。すると、ローダにそっくりな女の子のお人形が出てきました。

「わあああああっ」

感動したのかローダは叫びながらお人形を両手で掲げました。

「すごい、ローダにそっくりです」

私が隣で感心して見ているとミシェル様が説明してくださいました。

「王妃様が教えてくださった王家御用達の工房でお願いしたのよ。王族とそれに連なる女の子に三歳になるとよく贈り合っているのですって。喜んでくれたら嬉しいわ」

「あれ？　これ、俺どこかで見たことがある。……あ、そうだ、フローラが小さい頃に持っていたな」

お人形を見て思い出したのか王太子のジョシア様がポツリと言いました。

「フェリ！　挨拶させて！」

その声で顔を上げると視線の先にはセゴア様がいました。連れているのはラシード様です。まだ八カ月のラシード様はもうセゴア様に手を引かれて歩いていました。

「まあ、ラシード様は立って歩けるのですね」

「歩くのはいいのだけど、目が離せなくって。さあ、ラシード、ローダに挨拶して」

セゴア様にそっと前に出されたラシード様はローダを見るなり、恥ずかしくなったのかセゴア様の後ろに隠れてしまいました。ふくよかになったラシード様はますます天使のように可愛いです。

「ローダです。よろしくしてください。ラシードさま」

ローダが声をかけるとひょこりとラシード様が顔を出してじっと見ています。

『ちょーっ、ちょーっ』

そう言い出したラシード様の視線の先にはローダの髪飾りがありました。どうやらローダの髪飾りについているリボンが気になるようです。

「ちょうちょのことかしら」

ロネタ語の発音ならそうかもしれません。私が言うとローダがラシード様に見えやすいように頭を少し下げました。

「あっ」

グイッと手が伸びてきてラシード様がローダの髪飾りを掴んでしまいました。

『ラシード！　ダメよ』

驚いたセゴア様がラシード様をローダから離そうとしましたが、ローダはじっとしていました。

「ちょうちょじゃないのよ。リボンなの。フローラひめさまからいただいたの」

ローダがラシード様にそう言うと髪飾りから手を離したラシード様が今度はじっとローダを見つめました。

「ちょうちょがすきなの？」

『ちょー、ちょっ』

再び伸びてきた手はローダの髪を掴んで離しません。

『ラシード、ローダの髪を離してあげて』

泣きそうなセゴア様にローダが問いかけました。

「ラシードさまをだっこしていい？」

『抱っこ？』

思わずロネタ語で聞き返したセゴア様に反応したのはラシード様でした。抱っこというよりはラシード様がギュッとローダに抱き着きました。

「かわいい……」

ローダがフルフルと感動して抱き返すと、後ろでじっとそのやり取りを見ていたレイナード様が出てきました。

「ロ、ローダ、転んでしまうよ？　レイが支えてあげるからね」

『うーっ』

レイナード様が来ると片手でラシード様がその体を押しました。しばし零歳児と九歳児の睨み合いが続きます。どちらにしてもローダではラシード様を抱っこするのは無理です。優しく二人を離すとラシード様をセゴア様が抱き上げました。

「ごめんなさいね、ローダ。驚いたでしょう？　痛かったかしら」

「いたくないです。ラシードさま、かわいい」

「そう思ってくれるなら嬉しいわ。ラシードはちょうちょが好きだからローダの髪飾りが触りたくなったのだと思うの」

『ちょー』

セゴア様に抱かれたラシード様の手がまたローダに伸びてきます。それにはローダが困った顔をしました。

「これはあげられないの。でも、ローダのリボンはひとつあげる」

え、と思ったらローダがドレスのリボンをひとつ、ブチリとちぎってしまいました。ご、豪快です。スカートにたくさんついていたリボンはコロリとしていてぬいぐるみのように綿が入っています。一つ取ったところで目立たないでしょうが、それほどまでに可愛いラシード様に何かあげたかったのでしょう。

『ちょーちょ』

『ラシード、それはローダに返しましょうね、大切なドレスのリボンよ！』

焦ったセゴア様が言いますが、ご機嫌になったラシード様はもうリボンを口に含んでいました。

「セゴア様、ローダがしたことですから、気にしないでください。ラシード様も気に入ったようですし、ふっくらしたリボンなので危なくもないでしょう」

「ごめんなさいね」

恐縮したセゴア様でしたが、その後リボンが気に入ったラシード様はご機嫌で過ごされたようで、ローダに感謝してくださいました。

「あら、何が始まるの？」

「お義母様、実はローダにプレゼントとしてベルとアルトが歌ってくれることになったのです」

「え、あの『恋の嵐』の役者さん？」

「そうです。私たちの役をやってくださった人たちです」

「今じゃ大人気じゃない。忙しいでしょうに、よく出席できたわね」

「前々からお祝いさせて欲しいと言ってくれていたのです。お友達のコニーが舞台も整えてくれたのですよ」

「ああ、クイーマ氏の奥さんね。ふふ、今日はお子さんも連れてきてくださったのね」

「旦那様は仕事の都合で来られなかったのですが、お子様と来てくださいました」

　視線の先には子供たちに囲まれたコニーが舞台の設置を指示してくれていました。後ろには数カ月前に生まれた男の子アレクセイが乳母車に乗せられていて、コニーの雇った乳母が見ています。コニーの周りには三人のお子さんが楽しそうにまとわりついていました。本当にパワフルな人です。

「フェリに楽しいお友達ができてよかったわ」

「……はい」

　思わずきゅっとドレスを握るとお義母様が私の手を上からそっと握ってくれました。ずっと心配して見守ってくださっているのだと思うと頼もしくて目頭が熱くなりました。

舞台には羽根をつけたベルとアルトが妖精の扮装をして立っています。『妖精からのお誕生日の祝福』というコニーが考えた演出です。薄く透けた様々な色の生地を幾層にも重ねたドレスを着た二人はそこに立っているだけで本物の妖精のようです。向かい合ったベルとアルトは両手を繋いで歌を歌い始めました。最前列の席で私とラメル様の間でローダがそれを眺めます。来てくれたお客様たちも皆注目して見ています。

この世界に貴方がやってきたのは
幸せを運ぶため
貴方の笑顔があれば
周りに笑顔が広がるでしょう
大切なことを知って
大切な人を知って
もしもこれから貴方に高い壁が立ちはだかる時が来たら
一人じゃないと思い出して
私が側にいると

　　ローダ、貴方に祝福を
　　貴方の世界が少しでも
　　優しいものでありますように

　二人の美しい歌を聞きながら、私は様々なことを思い出していました。城の侍女の試験に合格して、努力して王妃様付きになったこと、姫様の侍女を頼まれて落胆したこと。言葉にするのも憚られる事件が起きてラメル様と結ばれて、妬まれて虐められたこと。それからラメル様に愛されてローダを授かって……今、とても幸せであること。

　きっとこの歌はコニーが私の気持ちを綴ってくれたのでしょう。

　様々な気持ちでいっぱいになって涙が溜まってきてしまいます。アルトとベルがローダを呼んで舞台に上げると花かんむりを授けてくれます。とうとう涙が零れ落ちてきてハンカチで押さえていると、席を詰めてきたラメル様がそっと肩を抱き寄せてくださいました。

「ローダ様、お誕生日おめでとうございます」

　二人の妖精にお祝いの言葉をもらったローダが私たちの方を向いてドレスを摘まんで持ち上げました。

「ほんじつは、おいそがしいなか、わたしのたんじょうびのおいわいにきてくださって、ありがとうございました」

ペコリとお辞儀したローダに皆が祝福の拍手を贈ります。

この日のために練習したお辞儀がちゃんとできて、頬を赤くしたローダが満足そうに笑っていました。立派に挨拶をしたローダが誇らしく、健康に育ってくれた姿を見て、また涙が零れました。

「ほんの少し前まで赤ちゃんだったのに……」

「ローダがいい子に育っているのは貴方のお陰です。ありがとう、フェリ」

ラメル様にそう言っていただいて、胸が詰まって声が出せませんでした。舞台から戻ってきたローダをめいっぱい褒めて、二人で抱きしめました。

その後、来られなかった私の両親をはじめ、お友達や親戚にたくさんプレゼントをもらったローダはご満悦でした。一番気に入ったのはティアラ様にもらったお人形で、ずっと腕に抱えています。普段から仲がいいのですが、どうやらローダの中でお友達の一番はティアラ様のようです。レイナード様もかわいいクマのぬいぐるみをくださいましたが、そちらは他のプレゼントたちと一緒にテーブルに並べられていて、レイナード様が『母様はティアラと組んでずるい』と悔しそうにしておられました。

数々のプレゼントをもらったローダですが、何かちょっと考えた様子でラメル様の膝にちょこんと乗ってきました。こうすると自分に甘い父親が言うことを聞いてくれるのを知っているので、何かラメル様に頼みたいのでしょう。

「とうさま、ローダね、ほしいものがあるの」

膝に乗ったローダはラメル様におねだりをしました。まだ欲しいものがあるのかと不思議に思いながらその様子を隣で眺めました。

「プレゼントはたくさんもらったでしょう？」

ラメル様も不思議に思ったのかそう聞きましたが、ローダはふるふると横に首を振りました。

「あのね、あかちゃんがほしいの」

「えっ」

ローダの発言に驚いて声を上げてしまいました。赤ちゃんは私のお腹の中にいます。しかし、いつローダに話そうかと悩んでいたのです。少し考えたラメル様に見つめられて私は頷きました。

「ローダが欲しい赤ちゃんは、弟か妹ですか？」

「そう」

ラメル様がローダに確かめるとローダはこくんと頭を縦に振りました。

「それなら、ローダがいい子にしていたら、もう数カ月後には会えますよ」

ラメル様がそう言うと皆の視線が一斉に私たちのところに集まりました。

「実は子供ができました。出産は来年の春頃になる予定です」

そう宣言すると皆がポカンとしています。

「お兄様、お姉様、おめでとうございます！」

開口一番にお祝いの言葉をくれたのはアメリ様でした。

「とっても楽しみです！　フェリ様、おめでとうございます！」

「うわあ、ローダもお姉さんかぁ。よかったな」

「おめでとう、ラメル」

次々と祝福の言葉をもらいます。皆様とても喜んでくださいました。

「う、うわあああああっ」

その様子を見て黙っていたローダがラメル様の膝から降りて突然叫びました。皆の様子を見て、ようやく私のお腹の中に赤ちゃんがいることに思い当たったのでしょう。

「かあさま、ほんと!?」

「本当ですよ。赤ちゃんがお腹の中にいるのよ」

「う、わああああああっ」

両手を上げたローダをラメル様がそのまま抱き上げました。どうやら一番のローダの誕生日プレゼントだったようです。

終　待望の宝物

「玉のような男の子です」

それから数カ月後に無事に出産した長男と対面したラメル様は、動かない表情でそう言いました。

——このやり取り、ローダの時にも行われたような気がします。

正直、男の子だと聞いてホッと肩の荷が下りました。やはり、口には出さなくともソテラ家でもお世継ぎは望まれていたでしょうから。

「フェリ、お疲れ様でした。本当にありがとう。貴方（あなた）は子供を産むたびに綺麗（きれい）になります」

ちゅっちゅと疲れた私の顔にラメル様のキスの雨が降ります。きっと出産を終えたばかりで散々疲れた顔をしているだろうに、そんな言葉が出るほど喜んでおられるようです。いえ、素直に受け取れないのは、ちょっと後陣痛がひどくて誰かにあたりたくなっているだけです。

「さあさあ、旦那様、嬉（うれ）しいのはわかりますが、奥様を休ませてあげましょうね」

そうして今回もまたラメル様は女衆に部屋の外へと追い出されていました。デジャブです。

とっても疲れましたがそれ以上に我が子との対面は嬉しいです。ローダも大喜びするに違いありません。

「生まれてきてくれてありがとう」

出産を一緒に頑張ってくれた小さな息子にそう声をかけました。

＊＊＊

「うおーっ！　よくやった！　よくやったぞ！　さすがフェリ！　大したものだ！　もう感謝しかない！」

まだ肌寒い時期に生まれた長男はテオドールと名づけられました。二カ月ほど経ってから親しい人だけを招待してお披露目会をしましたが、いらしたお客様の中でひときわジョシア様が大はしゃぎしてお祝いしてくださいました。

「これで、ラメルに仕事を押しつけられる！　やっと魔王の呪いが解ける！」

感動するジョシア様に魔王様が近づきました。

「ジョシア、私はそんな約束をしましたか？」

「え？　何？　だって男の子ができるまでは仕事をセーブさせる約束……」

「私はそんなことを言いましたか？」

「え？　……だって、え？」

「おかしいですね。ひとり生まれたらなんて言いましたか？」

「……」

「父様、ラメルは初めから勝てる相手ではありませんよ……」

「うおおおおおっ」

呆（あき）れた顔で隣に立っていたレイナード様が言うと、ジョシア様が頭を抱えていました。

「僕たちの弟はとても可愛（かわい）いね、ローダ」

テオドール——改め、テオを寝かせている白のレースがついたクーファンを覗（のぞ）き込んでいるローダに、顔を寄せてレイナード様が言います。

「貴方たち父子（おやこ）は帰ってもらってもいいのですよ？　顔が近いです、レイナード」

そんな幼い二人の姿を見て、我慢ならないとラメル様がレイナード様をローダから離しました。

「まあまあ、お祝いに来てくださったのですから」

二人を摘まみ出そうとするラメル様を止めます。王太子と王子を本気で追い出す勢いです。

「ごめんなさいね、フェリ。うちの困った人たちがうるさくて。さあ、私にもテオドールのお顔を見せてちょうだい」

「いいえ。皆さんに祝ってもらってテオドールも幸せです」

ミシェル様にそう声をかけられてローダが場所を譲ります。ローダはテオが可愛くて仕方がないようでその側（そば）を離れようとしません。

「わあ、かわいい!!」

ひょこりとミシェル様と一緒に覗き込んだティアラ様が声を上げます。そうなのです。テオはラメル様に瓜二つの天使のような風貌なのです。蜂蜜色の髪にグリーンの瞳。透き通るような白い肌。私も日に何度もうっとりして見てしまいます。

「ティアはさわってもいいですよ」

ティアラ様が大好きなローダは、レイナード様には絶対に触れさせようとしないテオの手を持ち上げて触らせてあげています。

「なんてちいさいてかしら……」

「うふふ」

感動しているティアラ様にローダも満足そうです。

「いいなぁ！　ローダ！　わたしもおとうとがほしい！」

ティアラ様が言うと離れたところに立っていたジョシア様が飛んできました。

「お、ティアラ、それならお母様にお願いするんだ！　そして、そこの魔王にも父様がお休みをもらえるようにお願いいな！」

「ジョシア！　子供になんてことを言うの！」

真っ赤になって怒るミシェル様の頬にジョシア様がキスをしました。まあ、お熱いです。ティアラ様の出産の時に体調が悪くなって慎重になられていましたが、このご様子ならまたお子様も増えるかもしれませんね。ふふ、と笑ってその光景を見ていると、ミシェル様に『ラメルがフェリに場所をわきまえずにキスするから、ジョシアが真似するんでしょ！』と怒られてしまいました。私もいつも恥ずかしい思いをしているのです。苦情はラメル様に言ってください。

「ローダ!!　おばあちゃまですよぉおお！」

「おばあちゃま！」

その声にクーファンに張りついていたローダの顔がパアアと輝きます。義両親がローダをとても可愛がってくれているのでローダはおじい様とおばあ様が大好きです。テオから離れてお義母様の腕に飛び込んでいきました。

「おじいちゃまのところもだああぁ！」

「おじいちゃま！」

お義母様の頬にキスをしてローダはお義父様のところへ駆け寄ります。最近お髭を伸ばし始めたお義父様に抱き上げられて、高い高いをしてもらうのがローダのお気に入りです。大好きなおじい様とおばあ様の手を引いて、ローダはご機嫌でこちらに戻ってきました。

「ご機嫌よう、ミシェル様」

「リリス様。ご機嫌よう。テオドールのご誕生おめでとうございます」

「うふふ。ありがとう。本当にフェリはソテラ家に幸せを運んでくる嫁よ。でもテオはラメルの小さい頃にそっくり……」

お義母様はテオを見るたびにテオの頬をつっきます。多分、表情が出てくるのか気がかりなのでしょう。あ、でも、そんなにつつかなくても。

ふあああああん

ふああああああん

「あっ……ごめんなさい、ラメルはあまり泣かない子だったからつい、心配で」

言いながら泣き出すテオを見て安心しているのがわかります。抱き上げてあやすとテオはすぐに泣き止みました。

「お義母様、大丈夫ですよ。もしもテオドールの表情がわかり辛くてもラメルはとても素晴らしい人に育っていますから。そっくりだとしたら私はとても嬉しいです」

「「「フェリ……」」」

「え？」

その言葉に義両親とラメル様が一斉にキラキラとした目で私を見ました。

その後、ラメル様のキスの嵐にあい、夕食の時にお義母様が、その場にいらっしゃらなかったアメリ様とステア様、ユカリナ様に何度も何度もこの話を聞かせることとなりました。それを恥ずかしく感じながらも、私を受け入れてくれる優しい家族を誇らしく感じました。

顧問探偵は暗躍する　～ラメルver～

「ラメル！　どうしましょう、ポットスット家の娘と息子の嫁がフェリに何か言ったみたいなの。観劇の後、酷く落ち込んでしまったのよ」

フェリを連れて観劇に行った母が屋敷に戻ってくると、私のところに血相を変えて来た。ポットスット伯爵といえば大臣で、例の私とフェリの事件の目撃者の一人だ。十数年前にどこの部署にも入れなかった大臣の息子を、どうしてもと頭を下げられてしぶしぶ引き取ったのは父である。大臣本人はそうでもないが、その息子は影の薄い男だと父が零していたのを聞いたことがある。

この伯爵家、とにかく女運が悪いことで有名で、大臣の妻も極度の浪費家、その息子の妻もその娘もどうしようもないと言われている。ちなみに娘は未だに私に釣書を送りつけてくる。『私なら男の子を産んで差し上げます』という手紙をもらったが、頭がおかしいとしか思えなかった。

いくら追い払っても湧いてくるコバエだが、フェリに害をなすようなら駆除しなければならない。母に話を聞くと例の事件後にポットスット伯爵の長男を父が資料整理送りにしたために、どうにか元の場所で働かせてくれと嘆願しているらしい。無能な上に妻や妹が私とフェリの噂を面白おかしく流布したのだ、父が怒って当たり前だった。そのことは大臣にも抗議はしたが、家庭内での彼の地位はどうやら低いようでなんの効果もなかった。

社交界での噂はフェリを悪女にしたものだが、その噂を流しているのはソテラを良く思わない貴族が大半だ。彼らは面と向かってソテラを敵に回すことができないので、こうやって嫌がらせをしているのだ。確かに私に攻撃するよりもダメージを与えることになるので、効果があると言ってもいいだろう。

初めはフェリの実家の身分を叩いていた連中も、彼女の実家エモナル男爵家の温泉施設の事業が大当たりしたことで、心底フェリを妻にした私を羨んでいることだろう。彼女は一人娘だったし、美人だ。あ、いや可愛い方が勝るか。怒っている時は美人な感じというか。でも、滅多に怒ることもないのでやはり可愛いか……まあ、とにかく夫になりたかったと悔しがる男は山のようにいるはずだ。

ポットスット伯爵はソテラを敵に回したいのではなく、ソテラに気に入られたい派であるが、その妻、娘、息子の嫁の頭のねじが緩んでいるので娘が私の妻になれば将来安泰だと本気で思っているようだった。

私が愛する妻を手放すわけがないだろうに。

さて、どうしてやろうと考えているとフェリから提案があった。

その日寝室に入るとフェリがグリーンのガウンを羽織っていた。……足が止まる。あれには『今日は愛の営みはご遠慮ください』という悲しいメッセージが込められているのだ。

――そんな……今日のナイトドレスは裾にたっぷりとフェザーのついた妖精のようになるデザインなのに！　落胆する私にフェリはオリビア宛てに届いた手紙を見せてくれた。

「どう思われますか？　まさか、城下で恋物語になっているなんて夢にも思っていませんでした」

その話は以前から把握していたことだった。フェリの数々の下着を手がけているデザイナーのロックウェルから聞いたのが最初だったが、調べてみれば社交界で流れているような悪意のあるものではなかった。それどころかフェリは羨望の的として語られていた。

「実は、城下で私たちの話が噂になって流行っているのは前から知っていたのです」

「え？」

「最初はどうやって噂を止めようかと考えましたが、詳しく調べると城下で流行っているのは公爵家に嫁いだ侍女のサクセスストーリーで、社交界で広がっているような、事実を捻じ曲げた悪意のある話ではありませんでした。それどころか噂の侍女は性格がよく、頭もいい出来た女性です。ありのままに、フェリが天使だと皆に伝わるだけなら構わないかと、放っておいたのです」

「あの、天使と言うのはラメルだけですからね？」

「私としてはもっとフローラ姫を悪魔のように伝えてもらっても構いませんでした。……しかしここまで城下で噂が広まるのなら、隠しておく方が憶測を呼んでしまうのかもしれませんね。私たちが愛し合って幸せであることを、皆にもっと広めた方が効果的なのかもしれません。社交界の火消しにどんなに回っても、ソテラを目の敵にする輩は私たちの話を酷く捻じ曲げてしまいますから」

「それは、私を羨む女性の嫉妬だけでなく、ソテラを敵に思う人にも私たちの事件は格好のネタであるということですか？」

「ソテラを敵に回そうと思う愚かな人間がいるとは思えませんが、よく思わない人間は腐るほどいますからね。そのせいでフェリに辛い思いをさせているのは心苦しいです」

フェリは未だに私と結婚して羨ましがられていると思っているようだ。私のことを高く評価してくれていると思えば嬉しいが、もう少し自己評価は高くなってもらいたい。実家はもう成功したも同然だし、ロネタでは聖女にまでなって、あのベテルヘウセ帝国の皇帝にも気に入られたのだ。私の方が羨まれているとそろそろ自覚してもらわなければ。――いい機会なのかもしれない。私との事件のトラウマが少しでも払拭されるなら……きっと彼女はもっと自由に笑えて暮らせるだろうから。

ロネタでの明るいフェリの笑顔が思い出される。嫌なことも私のために飲み込んでしまうこの優しい人の、あのほころぶような笑顔をリーズメルモでも見たいと思った。

――新聞王ダン＝レイ＝クイーマか。新聞だけでなく、その他脚本や観劇の手引きなど出版を多く手がけている。妻のことは知らないが一代で今の地位を築いた相当なやり手であると同時に、誰にも媚びない信念の男だと聞いている。

「結論を急ぐ必要はありません。ですが、一度会って話を聞いても良いでしょう。クイーマ氏にも少し興味があります。後でオリビアに日時を伝えますね」

「この手紙はオリビアに返しておきます」

フェリにオリビアの手紙を返してもらうように渡すと、忌々しいグリーンのガウンを眺めた。

「では、この話は終わりです。これはもう必要ないですね」

ガウンの肘のところを少し引っ張ると、私を見てフェリの顔が赤くなった。その顔を見てごくりと喉が鳴る。

「私にこれを脱いで欲しいのですか？」

フェリが私を試すようにそう言ってくるのが少し嬉しい。脱いで欲しいと言うのは容易いが、ここは駆け引きを楽しみたい。上目遣いとか、ああ、もう、なんて可愛いのだろうか。

「では、貴方が脱ぎたいと思うまで我慢します」

ベッドの中に入ってフェリを後ろから抱き込んだ。この腕の中の温もりが私に幸福を与えてくれる。

「おやすみなさい、ラメル」

安心して力を抜いて私に体を預けてくることにしばし感動する。体を合わせなくても、私たちが想い合っているのは間違いなく、こうして私がいることに慣れてきた仕草がいちいち愛おしい。

けれども今日、このグリーンのガウンの下は妖精なのだ。

ローダが生まれてからというもの、フェリの魅惑のふくらみはますますふわふわと膨らんで私の欲望を掻き立ててしまう。その白く零れ落ちそうな乳房を艶のある生地で花のつぼみのように幾層にも包み、シルバーのビロードの生地が体の線を映し出しながら足元に流れるデザイン。膝丈のそれは裾のところにフェザーがあしらわれている。きっと似合っているはずなのだ。

どうにか、ガウンを脱いでもらわなければ……。

そっと胸を包むように優しく掴むとフェリが身じろいだ。そのままガウンの下に手を忍ばせると胸の谷間から侵入した指で乳首を探し当てた。いつものように刺激すると硬くなってきたので二本指で摘まむと『はうっ』とフェリの口から甘い吐息が漏れた。

感じてくれていると思うと嬉しくなってそのままドレスを持ち上げて太ももを撫でる。内ももに手を差し入れて、そのまま下穿きの中の敏感な場所を探った。指で入り口をトントンと優しく叩くと愛液が溢れてくる。

「んっ」

私があれこれしてもフェリは動かない。これは、もしかして寝たふりをしているのだろうか。ちょっと待ってくれ。なんて可愛い抵抗をするのだ。

「まだ、脱ぎたくありませんか？」

囁きながら唇でフェリの耳を挟む。このまま可愛い耳を食べてしまいたいくらいだ。それでも動かないのをいいことに指を動かすと蜜が溢れてきた。こんなにトロトロになっているのに、まだ寝たふりを続けるのだろうか。熱い中に入れようかとヒダの間を指で行き来しながら考えていると、フェリから『ん……くぅ』という甘い声が零れた。

「まだ？」

もう十分感じているのに我慢している。横から顔を窺うと頬を赤くして、ぎゅっと目をつぶってプルプル震えていた。

ダメだ、可愛すぎる。

ああ、もう、時間をかけていられない。眠ったふりをするフェリを仰向けにして下穿きを一気に足元まで下ろした。いつもなんだかんだと許してもらえないそこを舌で可愛がる。シーツを握るその指の動きで起きていることはバレているのに頑張るフェリが可愛くて……。

「どうしてこう、可愛いことをするのだろう……」

思わず声に出して言ってしまう。それではこのまま存分に好きなようにさせてもらおうと、足を大きく割り開いてそこに顔を埋める。舌を入れ粒を吸い上げると、さすがにもう黙ってはいられなかったようでフェリが声を上げた。

「ラ、ラメル！　も、もう、降参です！」

しかし乱れるフェリも見たい。そのまま指を入れてフェリを絶頂に導いた。

「まって……ラメルッ……イってしまいますっ」

「一度、達しておきましょうね」

「ああああっ！」

くたりと力の抜けたフェリが火照った顔でこちらを見るのが堪らない。

「脱がせてください……」

とうとう言わせたその言葉に満足すると両腕を上げたフェリからガウンを取り去り、妖精のようなフェリを眺めた。やはり、いい。

私の妖精は酷く妖艶だった。ベルベットは体の曲線を露わにし、捲り上げられたスカートのフェザーの下から素足が覗いている。頬を赤らめて私を少し恨めしげに見るその表情は、まるで人間の男に捕まってしまった妖精そのもので……私の手に落ちた美しい獲物のように思えた。

――まずはその胸元に私の赤い印をつけるとしよう。

＊＊＊

数日後、王都一のレストラン『ミランカルシェ』でクイーマ夫妻と会い、私たちの話を物語にすることが決まった。あの時のフェリの凛々しくも健気な姿を思い出すと今でも誇らしい。彼女はローダのために自分のトラウマと戦うと言うのだ。私はやはり素晴らしい人を妻にしたのだと思う。私も全力で彼女を支えるつもりだ。なんとしても成功してもらわなければならない。

そうして出来上がった本は王都で話題になり、すぐに劇になると発表された。本の内容はフェリに任せたが、フローラ姫の話の場面には積年のあれやこれやの思いを晴らすために少し口を出して盛り込んでもらった。

「おい、ミシェルに『恋の嵐』って本を見せてもらったんだがな……あれ、お前のところの話って本当か？」

仕事中にジョシアが私に確認するように尋ねてきた。情報通の彼にしては気づくのが遅い。

「ええ。お陰様で社交界でも噂の話が城下でも大変人気でしてね」

「すげえ嫌味……事前に俺に相談とか、ないのかよ」

「相談？　まあ、内容は秘密に進めていましたからね。でもジョシアに相談したところで何かいいことでも？」

「……いいことはないが」

「ないでしょう？」

口を尖(とが)らすジョシアに冷たく言い返すと私の機嫌を窺っている。

「フローラのことを随分……」

「正直に書いてもらっただけですよ。まさか、あんなことをやらかした妹の肩を持つなんて非常識なことを言いませんよね」

「い、言いません、言いません。てか、お前、相当怒っていたんだな……」

「フェリと結婚できたことは私にとって何にも代えがたい人生の幸運です。でも、それとこれとは別の話です。フェリが許したから、フローラ姫を見逃しているだけですからね。貴方は自分の妻が社交界で性的な陰口を叩かれているのを想像して、その原因を許せますか？」

「……悪かった。そうだな。許せるわけがない。しかし、本だけでも相当広まっているのに次は劇になるんだろ？　父からもお前の父に話がいくと思うが、フローラだって島流しにされて、反省しているんだ。だから、せめてもの温情をだな……」

「私にどうしろと？」

「いや、あの……もうちょっとオブラートに包んだ表現でフローラを」

「そうやって守ってきたからあんな性格になったのですよ？」

「うぐ。反省してる。けど、ほんとに結婚して病弱な夫をもらってからはフローラも変わったんだ。だから、な？」

「……」

「お前がダメならミシェルに頼み込んでフェリにお願いしてもらう」

「……はあ。私の天使に悩み事を増やすなんてもっての外ですからね。仕方ない。フェリに話を入れるだけですからね。もう劇の脚本に進んでいるはずです。変更が無理なら諦めてくださいよ」

「わ、わかった！　ラメル！　恩に着る！」

ジョシアにそう言われて屋敷に帰ると、私宛てにフローラ姫からの手紙が届いていた。何が書かれていても動じるつもりはなかったが、最後の一文を見て少し気が変わった。

どうしても、夫には嫌われたくないの！

あの自己中心的で、自分の好きなことをするためには他の犠牲なんて気にしたことのないフローラ姫が『嫌われたくない』とは。これが笑えなくてなんだというのだろう。ジョシアの言うように本当に変わったのかもしれないな、と思うと同時に伴侶に嫌われたくない、という点では私も変わりないな、と思うのだった。

そうして、優秀で優しい妻に相談するとすぐに脚本は書き換えられることになった。本当にフローラ姫はもっとフェリに感謝すべきなのだと思う。フェリはクイーマ氏の妻コニーととても仲良くなったようだ。彼女が妊婦であるために劇場で打ち合わせすることになったのだが、オリビアと三人で行っているらしく、劇場に行った日の夜は寝室で事細かにその様子を報告してくれた。

その表情が生き生きとしていて楽しいことがわかる。そんなキラキラした顔もとても可愛い。本の中でのアンリエッタ（フェリ）をやる役者も気に入っているようで、勉強のために屋敷に通わせるほどの可愛がりようだった。

＊＊＊

「ポットスット伯爵の件だったな。実はこっちも私の部下に戻してくれとうるさくてな」

そろそろ退治するかと相談すると父も困り顔になっていた。

「長男のトーマスを資料整理送りにしたのはもう三年ほど前のことでしょう。今更父さんの部下に戻りたいなんて、今の仕事に不満があるのですか？」

「別に資料室に行ったからって仕事の内容はさほど変わっていないはずだ。面目として宰相の部下の一人に戻りたいというのと、減給になった給料を戻したいといったところだろう。お前たちの噂を積極的に妻や妹が広めたりしなければ、ただの影の薄い男として今でも私の部下だっただろうからな。

『もう三年も反省したのでそろそろ』ということらしい」

「今も頭のおかしな娘は私に釣書を送って、トーマスの妻と一緒になってあちらこちらでフェリの悪評を流してますけどね。何がそろそろ、なんでしょうか。誰が反省したというのです」

「ポットスット伯爵自身は真面目な男だし、大臣としても助けてくれるんだがな……妻がまあ、所謂『悪妻』と言われるやつだ。結婚したのも子供ができたと迫られてしぶしぶだったと聞いたし、家では肩身が狭い生活を送っているようだ。残念なことに娘はその妻そっくりに育ったらしい」

「ついでにトーマスの嫁もとんでもないですよね」

「そっちは財産目的で結婚させたらしいからな。トーマスの妻は成金の爵位買い上げ貴族だ。トーマスも妻には頭が上がらない。よくもまああんなに性格が悪いのが集まったものだと感心するよ。私のところで働き出した頃はトーマスも生き生きしていたんだぞ。……そう、観劇にはまっていて、よく仕事終わりに劇場に通っていたな。それも結婚してからはすっぱりやめて……まるで幽霊みたいになった」

「恐ろしい話ですね」

「私もお前も『良い妻』を娶って幸運だったということだ」

「確かに人生において良き伴侶というのは重要ですね」

「お前が幸せそうで何よりだよ。フェリのことはリリスからも聞いている。お前がどうとっちめてもフォローするから存分にやりなさい。大臣もこのままずっと妻や娘から目を逸らして生きてはいけないだろう」

「それを聞いて安心しました。大臣と父さんの関係だけが気になっていたので」

「私もリリスを守るためならなんでもするさ。私の方はトーマスを部下に戻す気はないと大臣に抗議しておこう」

「ありがとうございます」

父に後押しをもらって、娘を完全にソテラから遠ざけるために策を考える。しかし、フェリの悪評を垂れ流しているのはトーマスの妻でもある。この二人は金にものを言わせてあちこちのパーティに参加してはいろいろと言い回っているのだ。これは長男のトーマスも調べる必要がある。

そう思って調べていたことは、後に思わぬ事件に繋がっていくことになった。

「最近のフェリは楽しそうですね」

夜、寝室に入るとキラキラした目でフェリが待っていた。話題はもっぱら舞台の話である。懇意にしていた役者が、父親を捜したいのでアンリエッタ姫役を降りたいと言い出したという。そこで皆でその父親を捜索することにしたらしい。しかも役者本人も脅迫文を受け取っていると聞く。あまりいわくつきの役者にアンリエッタ姫役をして欲しいとは思わないが、フェリが気に入って一生懸命動いているので傍観することにした。フェリが自分の役を演じて欲しいというなら悪い人間ではないだろう。

「ラメルはどう思います？　どうしてベルのお父様の手がかりがないのでしょうか」

私に意見を求める妻は可愛い。首をかしげるとか、自分の魅力をわかっていてやっているのだろうか。口を尖らすとか、どうかしている。――可愛い妻をもらうと、いちいち幸せで仕方がない。

対して不幸な男、ポットスット伯爵の長男トーマスを調べた結果、読むのもげんなりするような報告書の内容だった。彼は十九歳で父の部下として採用され働き始めた。当時の趣味は観劇で連日のように劇場に通っていたらしい。その妻、マチルダは輸入貿易で大儲けした父を持つ一人娘で、爵位ある男に嫁ぎたいと相手を探していて、年頃のトーマスに狙いを定めたらしい。当時大臣の妻である母親は、見栄のためにわけのわからない高額な絵画を借金して購入して困っていた。そこに現れた金を払ってくれるというマチルダとの縁談は願ったり叶ったりだったようで、大臣に相談もなく母親が強引に縁談を進めたらしい。そうして親のごり押しで結婚したトーマスの結婚生活は彼にとって辛いものだったようだ。家の中での彼の地位は飼っていた犬以下の扱いであり、マチルダは好き勝手生活しているらしい。結婚してからというもの、みるみるうちにトーマスの顔色は悪くなり、目もくぼみ、生気のない姿になったという。なんとも恐ろしい話だ。

「……ラメルって、本当に頭が回るのですね」

愛しい妻の声でハッと我に返った。相談に答えているとフェリが私を感心するように見ていた。

「え？　ただ思ったことを言ったまでです」

「私たちの顧問探偵になりませんか？」

「顧問探偵……フェリはめっきり推理小説にはまってますね」

そんな面白い提案をするフェリに楽しくなって寝室の戸棚を見た。そこには友達になったゼパルの妻セゴアから送られてきた推理小説が所狭しと並んでいる。この間まで読んでいた恋愛小説よりこちらの方がフェリの好みに合っているようで、あまりに熱中して読むので私も気になって何冊も読んでいた。

「ラメルも読んで面白いと言っていたじゃないですか」

「貴方が面白いというものには興味がありますからね。ところで、顧問探偵なら報酬が発生するのですか？」

「ん？」

「貴方が支払うなら、いつだって引き受けますよ」

「ちなみに支払いは……」

「ロックウェルに次の新作を頼みます」

「そ、その代金とか？」

「まさか、お金なんて貴方に支払わせたりしません。私が仕立てさせた服を着るのが報酬です」

思いがけずフェリに衣装を着せることができる提案に食いつかないわけはない。そんな私の心のうちに気づいたのか撤回しようとフェリが抵抗する。

「やっぱり報酬に納得いきませんので破棄します」

「私は有能ですよ？」

「……知ってます」

フェリとの距離を詰めながら、今聞いた話の方に思考を戻す。——父親が行方不明の役者、脅迫文……仮面をつけた劇場の亡霊（ファントム）。

そういえば、仮面舞踏会を開催したいと思っていた。ここのところ忙しくて忘れていた。衣装だけでも先にロックウェルに相談しておこう。

「また貴方に似合う衣装を作りたいな」

「ま、まともな衣装なら……」

「貴方は何を着ても綺麗ですよ」

次は久しぶりにセクシーなヤツでもいいな。

「そ、そういうことではなく」

「それにしても、劇場の亡霊とは……なかなか興味をそそる響きですね。皆が面白がって噂を流すのがわかります。私が亡霊になったら貴方に付きまといますけどね」

ふと、そんなことを思って口にする。自分の愛が重いのは百も承知である。しかしそれを聞いたフェリは息を呑んで目を伏せた。

「滅多なことを言わないでください。一秒でも長く私とローダの側にいてくださらないと困ります」

悲しそうに言うフェリに嬉しくなってしまう。

「それは、愛しているから？」

「ええ。愛しているからです」

「私がいないと困る？」

「……困るというか、寂しくて死んでしまうかもしれません」

しかしこれには自分の失言に後悔した。フェリの口から『死ぬ』なんて言葉は聞きたくない。それはきっと彼女も同じだったのだ。互いに失いたくないという気持ちが同じであることに少し感動しながら、愛しい妻を強く抱きしめた。この人のいない人生など考えられない。お互い長生きしなくては。

そうして仲直り（？）の口づけをして、その晩も幸せな時間を過ごした。

＊＊＊

　さて、フェリの顧問探偵としては彼女が捜しているベルという役者の父親も気になってきた。ちょうどオリビアが調べに行くというので誰かつけようと思っていたら、フェリに思わぬおねだりをされた。

「あの……できれば、なのですけど、ダールに一緒に行ってもらえないでしょうか。彼が忙しいことは十分わかっているのですが……」

「ダールを?」

「その、気心が知れているので、オリビアも安心でしょうし……」

「もしかして、あの二人、そういう関係なんですか?」

「い、いえいえいえいえ……でも、オリビアは慕っているようです」

「なるほど。彼に抜けられるのは困りますが母にも話は通しておきましょう。でもダールが断るなら無理はさせませんよ」

「ありがとうございます」

　フェリの笑顔にそう答えたが、内心は複雑だった。ダールは十年前に妻を亡くしている。幼馴染と聞いていた彼女は体が弱く、いつもダールが気にかけていた。きっかけは流行り風邪だったのだが、そのせいで元々の病状が悪化し、最後の一年はなんとかその命を繋げようと躍起になったが、努力も虚しく亡くなったのだ。当時は子供も小さかったし再婚も勧められたが、ダールは頑なにそれを拒否した。その後ダールに浮いた話はない。それが彼の意思表示のように思えた。

ダールは武術も交渉術も問題ないので連れて行くには最適な人材だろうが、この話を受けるだろうか。別にオリビアに問題があるとは思わない。彼女はフェリの親友で、優秀な人である。けれど、あの時のダールを見ていた私はなんとも言えない気持ちになった。

そうして執務室にダールを呼び出して、オリビアと一緒に行くか聞いてみた。

「いいですよ。行きます。それでは私がいない間の業務は引き継いでおきますね」

「え」

「どうかされましたか？」

「いや、てっきり断るかと思ったので」

「放っておけない人ですからね」

思いがけず、あっさりと答えが返ってきた。もしかして、もしかするのだろうか。

「あの」

「ラメル様、私はオリビアを娘のように可愛がっているのですよ」

私が言いたいことを察して先にダールが答えた。なるほど『娘』ね。今後どうなるかはわからないが今はそうやって可愛がるのもありなのだろう。私としてはダールの幸せを願ってやりたい。それがオリビアと繋がる未来ならそれもいいと思う。

そうして数日後、オリビアとベルの故郷を調べたダールが屋敷に戻ってきた。

「若奥様の方にはオリビアが報告しましたが、ラメル様も目を通されますか？」

報告書を出したダールはなんだか楽しそうである。私は簡単にそれに目を通し、くれぐれもフェリが危険なことをしないようにと、ダールにもそれとなく見張ってもらうことを頼んだ。その晩、改めてフェリから相談があり、顧問探偵としてアドバイスをした。可愛い黒猫に報酬をもらって大満足の夜を過ごす。魅力的な報酬――この仕事は辞められそうにない。

しかし、ここから意外な方向に話は急展開した。

私にはフェリの悪評を流すコバエを駆除するという大事な仕事も残っていた。ポットスット伯爵の娘が大きな顔をしていられるのも義姉マチルダの経済力のお陰である。まずはその収入源を断ってやろうと考えていると、追加でもらったトーマスの報告書に目が留まった。

――マチルダとの結婚前、劇場に通い詰めていたトーマスは人気役者バルバラに夢中だった。それは、連日劇場に通ってプレゼントや花を贈るほどの熱狂ぶりで、バルバラの方もそんなトーマスが好きになって二人は恋人関係にあったと書かれていた。

そして十三年前、バルバラはトーマスと駆け落ちすると言って劇場を去っていた。一度は駆け落ちした二人だが、その後すぐ喧嘩（けんか）をして破局。トーマスはマチルダと結婚した。バルバラはそのまま行方知れずとなっていた。

表面上は収まっているこの話、そもそもどうして主役が決まっていたバルバラが突然トーマスと駆け落ちをすることになったのか……マチルダとの強引な結婚が嫌だったトーマスがバルバラと逃げることにしたというなら納得できる。そこでもしトーマスが怖気（おじけ）づいてしまったとしたら……バルバラはトーマスを責め立てただろう。

十三年前と言えば、フェリが懇意にしている役者ベルの父親が失踪したのと同じ時期である。同じ劇場で起きた二件の失踪。これは偶然か？　――フェリから聞いた小火騒ぎと劇場の亡霊の話がモヤモヤと頭に残った。

もう少し調べてみた方がいいようだ。

それから数日後、フェリから調べたいことがあって下町に行きたいので、護衛をつけてくれないかと連絡があった。オリビアに行ってもらうので、またもやできるならダールについて行って欲しいというおねだり付きだ。それを聞いたダールはすぐ行くつもりだったようだが止めた。もう少しでいろいろなことが繋がっていきそうだと思っていたのだ。とりあえず愛しい妻の顔を見て和んでから、頭の中を整理しようと着替えを持ってダールの代わりにフェリの元へと向かった。

「ラ、ラ、ラメル!?　どうして……」

変装して私が行くとフェリが目を丸くして驚いていた。そんな顔ももちろん可愛い。

「ハニー、城下では私のことはメルと呼んでください」

本名はさらさない方がいいだろうとフェリに提案する。町娘姿のフェリも見たかったので一石二鳥とはこのことである。さりげなく顧問探偵として来たと告げて後で報酬もねだることにする。フェリに考える隙を与えないようにさっさと着替えさせると手を繋いで歩き出した。

「では、これまでの経緯を話してください」

「はい」

歩きながら簡単に劇場で起こったことを聞く。その話にももちろん関心はあるが、見下ろすフェリのうなじが悩ましすぎて困る。やはり、ポニーテールにするのはやめさせた方が良かったか……。

「消えた死体の話を聞きに行くのは無駄だったでしょうか？」

「いや、無駄だとは思いません。興味深い話です。それに、引っかかることはちゃんと調べておくべきです。小さなことが糸口になって解決することもありますからね」

こうして歩くだけでも楽しいだなんて自分でもどうかしている。あまりの可愛さに後ろ髪をちょいとつつくと上目遣いになったフェリと目が合った。ここでそうくるとは……あざとい。

「ど、どうかなさいましたか？」

「いえ、ハニーはどんな髪型をしても可愛いと思いましてね。うなじを見せたのが良かったのか悪かったのか悩んでいたんです」

素直に白状すると耳まで真っ赤になったフェリが下を向いてしまったので、手を繋ぎ直して彼女の体を自分へと引き寄せた。こうすると腕にフワフワの胸が当たるのだ。

三年前にチケット売りを引退したという女性の話は興味深いものだった。劇場の小部屋にあったという謎の男の死体。行方不明のバルバラ……。いずれもトーマスが関係しているとしたら、どちらも殺された可能性がある。もしも別れ話をこじらせたトーマスがバルバラを殺していたら？　それをたまたまベルの父親が目撃していたのだとしたら？　そう考える方が自然だ。トーマスが殺人を犯していたとしたら、妻のマチルダもさすがに離婚するだろう。すると義姉のお陰で生活していたトーマスの妹も大人しくなる。制裁は後でするとしても事件を暴けばひとまず静かになるだろう。

「小部屋にあった死体はベルのお父様ではないでしょうか……」

フェリがそう予想する。私もおおむねそう思うが、証拠がないのに断言はできない。

「明るい茶色の髪にまあまあいい男、というだけでは該当する人物は多いでしょうね。可能性はある、といったところでしょう」

「そ、そうですね」

「……貴方には言い辛かったのですが、ベルの父親はどちらにせよ亡くなっていると思います。ギャンブルもしない家族思いの男が一度だけお金を送って失踪したのですからね」

「ベルのお父様が亡くなっていたとして、その死体がお婆さんの見たものだとしたら、誰がどこへやってしまったのでしょうか」

「誰かが小火騒ぎを起こして、死体をどこかに運んだと考えられますね。ただ、他に目撃者はいないのですから憶測でしかありません。現にお婆さんの言うことは誰も信じてませんから」

「確かに」

一生懸命考えを巡らしているフェリを見る。今後トーマスを追い込むとベルの父親の件も露見するかもしれない。その時に知るよりも先に私が話しておく方がいいだろうと、バルバラの駆け落ち相手がトーマスで、バルバラが失踪したままであることを彼女に説明した。ベルの父親がそのトラブルに巻き込まれたのではないかと示唆すると賢い彼女はすぐに思い当たったようだった。

「ベルは『犯罪者の娘』と脅迫文に書かれました」

「『犯罪者の娘』であるかはもっと調べないとわかりませんね。オリビアが調べてきた彼の性格から考えて大きな罪を起こすとは思えません。ただ、事故という可能性はあると思います」

「お父様が亡くなっていたと知ったらベルは悲しむでしょうね」

「ハニー、貴方がとても心優しいことは私が一番知っています。しかし、これ以上調べるのは殺人事件の可能性があるので危険でしょう。貴族が絡んでいるなら尚更(なおさら)です。クイーマ氏にも話をしますので今後のことは私に任せてください。もちろん、詳細は報告します。ベルを悪いようにはしないつもりです」

「……はい。メルがそう言うなら、信じます」

「貴方たちが舞台の成功だけに力を注げるように頑張りますからね」

「顧問探偵さんは頼りになりますから」

「……貴方だけの専属です」

貴族が絡んだ殺人事件となると少し大事になるかもしれない。この優しい人に火の粉がかからないように解決しなければならない。ポットスットの罪を暴くために、私は劇場主であるクイーマ氏に連絡を取った。

＊＊＊

「本日は時間を取らせてしまいまして」

　妻たちが調べている件で問題が出てきたので相談したい。そう伝えれば、すぐにクイーマ氏が密会場所を用意してくれた。

「で、話とは？　ベルの父親は弁当の配達員だったらしいですね。役者の線で捜していたのでとんだ空振りでした」

「この件が解決すれば、少なくともベルの父親の情報が得られるかもしれません。簡潔に言いますと十三年前に劇場で駆け落ちして行方不明となったバルバラという役者が、貴族に殺された可能性があります。私は真相を明らかにするつもりです。そして彼女の死は妻たちの調べているベルの父親となんらかのかかわり合いがあると思っています」

「劇場経営はコニーに任せてますし、そもそもあの劇場を買収したのは数年前ですからね、十三年前の事件となるとさっぱり……しかも駆け落ちに殺人ですか。本当のことなら大問題ですね」

「劇場の評判のために私を止めますか？」

「私はジャーナリストですよ？　真実を明らかにしようとしているのでしたら、後押ししたいくらいです。……けれど、貴族が絡んでいるなら慎重にならざるを得ない。失礼ですが証拠はお持ちなのですか？」

「十三年前ですからね……でも多分、出てくると思いますよ」

「出てくる？」

「バルバラの死体です」

「……」

「目星はついているんです。元々はバルバラのファンであり、愛していたのでしょう。犯人の貴族の男がよく一人で行く場所があるので、きっとそこに埋まっていると予想しています。騎士団を連れて行く予定です」

「しかし……どうしてですか？　十三年前の話ですよね。それに、貴方も貴族なのに」

「それを私に問うのですか？　命は平等だと公言する貴方が？」

「平民の役者が一人死んで、もみ消すことに必死な貴族はいても、罪を暴くような人間に今まで会ったことはありません」

「身分は関係ありません。ただ、この件には私の方の事情もありましてね。私は妻が健やかに過ごせるようにと奮闘しているだけです。貴方が協力してくださるなら事は早く収束すると思います。無理にとは言いません。十三年前とはいえ貴方の劇場での出来事ですから、先にお伝えしようと思って耳に入れただけです」

「……ソテラ様の奥様が私の用意した劇場の部屋を見た時、一つだけ注文をつけたそうです」

「注文？　珍しいですね。そんなことを言う人じゃないのに」

「テーブルを丸テーブルに替えるようにと」

「ああ、あの人らしいですね」

「正直、私は妻が次期公爵夫人と仲良くなることに、あまりいい感情を持っていなかったのです。でも、その話を聞いた時、妻は人を見る目があるのだと思いました」

「貴方は私の見てくれにご興味があったようでしたがね」

「それは、勘弁してください。正直、いろんな人を見てきましたが、貴方ほど美しい人はなかなかいませんから。目の保養というやつです。ついつい見てしまうのはお許しください」

「正直なのですね」

「貴方には見透かされているようですから、取り繕うだけ無駄です。さて、もちろん、犯人を捕まえることには賛成です。全面的に協力させていただきますのでよろしくお願いします。私も妻が安心して過ごせるのが望みですから」

「助かりますよ」

満足する返答をしてくれたので顔が緩んだ。私の顔を眺めていたクイーマ氏はそれを見て酷く青ざめていた。

＊＊＊

それから間もなくして見張らせていたトーマスが小さな森に足を運んだという知らせを受けた。私は騎士団と都合をつけて来てくれたクイーマ氏を伴ってその場所に駆けつけた。

「トーマス＝ポットスット様ですね？」

「だ、誰だ？」

「騎士団第二部隊の者です。貴方が今その花を置いた場所を掘らせてください」

「なっ……」

「詳しいことは後でお聞きしますので。あちらへ」

「は、離せっ……やめろ！　や、やめてくれ！」

拘束されたトーマスがその場から離されるとショベルで他の隊員たちが地面を掘り出した。

「骨が出てきたぞ！」

その声を聞いて暴れて見ていたトーマスが諦めたのか膝から崩れ落ちた。

「ああっ、バルバラ……やめてくれ……ああ……」

「本当に出てきた……」

一緒に見に来たクイーマ氏が隣でポツリとつぶやいた。前方の目の落ちくぼんだ男は骨が掘り出されていくのをただ、涙を流して見ていた。

騎士団にかけ合って、尋問は私に任せてもらうことにした。隣の部屋でクイーマ氏がそれを記事にするために聞いている。私が部屋に現れたことでトーマスは混乱しているようだった。

「ど、どうして宰相補佐の貴方が？　もしかして、父が頼んでくれたのですか？」

「いえ……少し事情があって私がお話を聞きに来ただけです」

「た、助けてくれるんですよね？」

「……十三年前の駆け落ちのことを正直に話してくださいますか？」

「助けてくれるなら、もちろん……あの時、急にマチルダと結婚するように母に言われて、恋人だったバルバラに相談したんです。そうしたら、一緒に逃げると言ってくれました。私たちは駆け落ちすることにして劇場の一室で落ち合う約束をしました。けれど、駆け落ちする前日にそれに気づいた父に諭されたんです。『せっかく宰相の部下として働き出したというのに、平民の女一人のためにその地位を棒に振るのか』と」

「それで、バルバラに別れ話を？」

「ええ。彼女は『私は大切な主役を捨ててきたのに貴方は捨てられないのか』と激高して私に迫りました。少し、落ち着いて欲しかっただけだったんです、でも、すごい剣幕で迫ってくる彼女を思わず振り払った時に彼女がよろけて……テーブルの角に頭をぶつけて……そのまま動かなくなりました」

「死んだのですね？」

「わ、私は彼女を愛していたし！　もう少し考える時間が欲しかっただけなんです。なのに、あんなことに……」

「死体を埋めた場所は劇場からは随分離れていますよね？　とても一人では運べない。どうやってあそこまで？」

「ひ、一人で運んだんです」

「どうやって？」

「荷押し車を使って」

「……劇場の弁当を運ぶ、荷押し車だったのではないですか？」

「ど、どうしてそれを……」

「弁当屋の男に目撃されたのではないですか？」

「知っているんですね。そうです、あの男に金を払って黙っていてもらうように頼んだんです。死体も一緒に運ばせました」

「どうして男を殺したんですか？」

私が鎌をかけるとトーマスの顔は蒼白になってわなわなと震えた。

「人のよさそうな顔をしていたくせに、あの男は数日経ってから屋敷に来て脅してきたんです。そのたびに金を渡して……これで最後だって何度も頼んだのに……それでもしつこくやってきて、もう渡す金もなくなって、おしまいだって思いました。だから、あいつが川のほとりに立った時に……」

「落としたのですか……」

「死体は上がりませんでした……でもあんな大雨の日だったし、あの男がそれから私の前に現れることはなかったので……」

「……なるほど。ところで恐喝された回数は覚えていますか？」

「確か、三回……だったかな」

「四回目になる前に川に突き落としたのですね」

「わ、私はそんなつもりじゃなくて。バルバラの時だって、あんなに責め立てられなきゃ、振り払ったりしなかった。ロナルドだって、恐喝なんてしてこなければ……」

「ちょっと待ってください。ロナルドって、恐喝犯は貴方に名前を名乗ったのですか？」

「屋敷に恐喝しに来た時に、名乗っていました」

「では死体を運んだ時ではなく、恐喝した時に名を知ったのですね」

「そうですが……それが、何か？」

「いえ」

「宰相補佐殿、どうにかこの件はなかったことに……十三年も前のことです。こんなことが公になったら、私は……」

「二人も死んでいるのに？」

「えっ……」

「貴方が手を下して二人も亡くなっているのに、本気でなかったことにできると思ったのですか？

父が貴方を部下から外したのは幸いでした」

「だって私は貴族で、伯爵家で……父は大臣なんですよ？」

「それが何か？」

「た、助けてくれるんじゃ……。あれから、毎晩、ロナルドとバルバラに責め立てられる夢ばかり見るんです！　私はこんなに苦しんでいるのに！」

「苦しんでいる？　若くして亡くなったお二人に比べて、のうのうと生きている貴方の方が辛いというのですか？」

「……」

「父が貴方の父親の肩を持つことはないでしょう。それどころが引導を渡していますよ。いい加減自分で始末をつけることも覚えた方がいいですよ」

もう話すことはないと部屋を出ると隣の部屋で聞いていたクイーマ氏と目が合った。きっと明日の新聞は十三年前の事件の発覚で大きく騒がれることになるだろう。

そうしてトーマスは殺人犯として世間に知られることになった。罪は裁判で決められるだろうが、そんな肩書がついた夫にすぐにマチルダは離婚を叩きつけた。ポットスット伯爵家はもう地に落ちたも同然だ。トーマスはこの十三年間悪夢に追いかけられていたという。そんな男と結婚したマチルダも幸せとは言えない結婚生活だっただろう。とはいえ、それも自業自得である。貿易商のマチルダの父は今急に現れたライバルに取引先を奪われて娘に小遣いを渡すどころじゃない。今頃あちこち金策に奔走しているに違いない。以前フェリを狙った件で私に多額の示談金を支払ったセリーナの父フォード伯爵を焚きつけておいたので、商売を取って代わられる日も近いだろう。元々財力にものを言わせていたマチルダの父は敵も多い。放っておいても勝手に自滅するだろう。

さてしかし、この件はこれで落着したと言いたいところだが、これでは悪評を流したポットスット伯爵に制裁を加えただけで、フェリの望むハッピーエンドではない。

フェリが懇意にしていた役者のベルは自分の父親が恐喝犯であったとされ、アンリエッタ姫の役を降りたのだ。その日のフェリの悲しそうな様子といったらなかった。

「なんとか、ならないでしょうか」

寝室でフェリが私にままならない思いをぶつけてきた。彼女にしては珍しいことだった。

「少し疑問は残りますが、おおむね解決したことになりますからね。ベルの捜していた父親はどうやら亡くなったとわかり、脅迫文を送った犯人が判明した」

フェリは今の状況でベルがアンリエッタ姫を演じることはできないと理解している。強行してもこのままでは劇にはケチがつくだろうし、何よりベルの役者としての将来をつぶされる可能性がある。

「貴方は納得していないのでしょう？」

改めて問うと頷くフェリ。そんな悲しそうな顔はさせたくない。

「はい。アルトのファンを名乗る女性も、結局脅迫文を送りつけたと注意して怒られただけです。ベルの父親が犯罪者だと広めるためにシャロンに頼まれて名乗り出たのではないでしょうか」

「脅迫文を出しただけでは大した罪にはならないでしょうしね。しかも、本当に犯罪者の娘だとしたら反論のしようもない」

「インクは女性控室のインクでしたのに」

「それだけではシャロンだという証拠にはなりませんからね」

「ベルの父親の件も、元チケット売りのお婆さんが言っていたことが本当なら死体は劇場の小部屋にあったことになるのです。ポットスット伯爵の長男に川に落とされて、そこからなんとかあそこまでたどり着いたのではないでしょうか。こっそりあの部屋に入って一人で閉じこもったとは思えません。きっとまだかかわっている人間がいるのではないでしょうか」

フェリも気づいているらしい。私もこの件には深くかかわっている人物がもう一人いると思うのだ。

「そうですね……。では、もう少し調べてみましょう。ベルの父親が亡くなったことに変わりはないでしょうが消えた死体には私も興味はあります」

「ラメル？」

もう手を引けと言われると思っていたようで驚いた顔をしている。私もフェリを殺人事件にかかわらせたくはない。しかしこのままだとフェリは笑顔でいられないのだから仕方ない。

「その代わり貴方はじっと報告を待っていてください。顧問探偵料は後でしっかり受け取らせていただきますから」

「まだ調べてもらえるのですか？」

「引っかかることが何点かあるのです。貴方が現状で満足なら放っておこうかとも思いましたが、そうではないようなので。……結果次第ではベルが主役に戻れるかもしれません」

「本当ですか？」

「そうなればいいですけれどね。さあ、後は私に任せてください。危険なことはなしですよ」

フェリが安心できるように笑ってみせる。この笑顔は合格だったようで、そのまま彼女は抱き着いてきた。よし、この感じ、悪くない。そう思ってギュッと抱きしめる。

いくらフェリのためでも恐喝犯を無理やり無実にすることはできない。引っかかるのはロナルドが名乗ってきたとトーマスが言ったことだ。事件を目撃しトーマスに頼まれてバルバラの死体を運ぶのを手伝ったのはロナルドだ。断れない性格だった彼がそうしたのは容易に想像できる。しかしどうしてわざわざ恐喝するのに名乗る必要があったのか。それに、恐喝されたのは三回。ベルの母親に送られてきた金は一度だけ。それも金額から察するとロナルドが実家からもらった手切れ金だ。薬代のために危険を冒したなら、恐喝で手に入れた大金を送るか、渡しに行かないのはおかしい。

それに加えて消えた死体の話。あれがロナルドだったとすると……死体を運んだ人物がいないとおかしい。ロナルドがバルバラ殺害を目撃したことを知って、彼の代わりにトーマスを恐喝した人物がいるなら、すべての辻褄が合うのだ。

――脅迫文の犯人はベルに危害を加えたことは否定していた。柱が倒れたのも植木鉢が落ちたのも、悪戯では済まない度合いだ。ベルを遠ざけたい人物……犯人は劇場にいる。

ポットスット伯爵の事件はクイーマ氏のお陰でスムーズに世間に知れ渡ることになった。クイーマ氏も『これで貴族が平民に対して犯罪を犯しても、もみ消されないこともあるのだと知られればいい』と満足げだった。

***

事件が広まった今、ポットスット伯爵が捕まったと聞いて、冷や汗をかきながら自分が見つからなかったことに胸を撫で下ろしている人物が必ずいる。揺さぶるなら、今しかない。

私はフェリにベルの父親の風貌を聞いて衣装と目印となる指輪を用意した。明るめの茶色のカツラをつけ、緑のベレー帽をかぶる。顔は見せないように白い仮面をつけ、ダールと交代で劇場で目撃されるように出没した。劇場に入ることはクイーマ氏に了解を得ている。亡霊として噂になることが目的だった。

そのうち徐々に仮面をつけた怪しい男の目撃情報が聞こえるようになっていた。その噂は簡単に『亡霊が出た』という話となって広まっていく。そうしてあちこちで仮面をかぶり、ベルの父親のふりをする。行き帰りは普通に変装して堂々と劇場内を歩いた。

「ラメル様、秘密にしているのですから、あまり見に行くとバレてしまいますよ」

ダールに言われてしぶしぶその場を離れる。せっかく劇場内にフェリがいるというのに、その様子をちらりとしか見られない。寝室で話を聞くだけでも顔を輝かせるのだ。きっとコニーたちとの打ち合わせでは、はつらつとした笑顔を見せているに違いない。――是非見たい。しかし仕事が溜まっている。

「仕方ない、今日は帰ります」

「お仕事が待っていますからね」

いつもフェリたちが打ち合わせしているという部屋を覗けないままダールと廊下を歩いた。ベルの父親の格好は鞄の中に戻していた。今日のノルマはこなしたので後は帰るのみだ。

「ラメル様……若奥様です」

先に気づいたダールに教えられて陰に隠れた。フェリがオリビアを伴って歩いているのが見える。声をかけたいが今は内緒にして動いているので無理だ。今日のドレスも可愛いな、と眺めていると急にフェリが慌てた様子でどこかに向かい出した。

「いきなりどうしたのだろう。ダール、追うぞ」

「はい」

急ぎ足でどこかに向かうフェリの後を追う。途中フェリが声をかけた青年も一緒に移動していた。

「どうやら目的地はあそこのようですね」

フェリたちが着いたのは建物の外にある舞台倉庫だった。そうして三人は倉庫のドアを開けようと四苦八苦していた。

「くそっ、ベル！　おい！　開けろ！　いるのはわかっているんだ！」

焦る声が聞こえる、どうやらベルが閉じ込められているようだ。助けを求めているようなのでダールと姿を現した。肩を叩くとフェリが驚いてこちらを見ていた。安定の可愛さである。

「フェリ、危ないから後ろに下がっていなさい」

「ラ、ラメル？　それにダールまで」

どうやって開けようかと思って後ろを見るとダールがハンマーを見つけてもう手に持っていた。

「そこの君も下がりなさい。ダール」

私の声でダールがドアノブをハンマーで打った。ドアノブが歪んだのを見てドアを蹴破る。

ドゴン！

中にはベルらしき少女を押さえつけた男が三人いた。

「な、な、なんだ、お前たち！」

ざっと男たちを確認する。どれも体は大きいが訓練を受けたような動きではなかった。さて少女をどう助けるかと考えていると青年が飛び出していった。

「ベルを放せ！」

青年はすぐに大きな男に転がされてしまった。しかし向こう見ずに助けようとした気持ちは汲み取ってやりたい。

「これは、俺が嫁に買った女だ。自分の嫁をどうしようと勝手だろ！　どっかに行きやがれ！」

『嫁』という単語を使う男にイラっとくる。嫁は大切な宝物であると決まっているのだ。さっさと片づけようと私は前に出た。

「ダール、フェリたちをお願いします」

「かしこまりました。ラメル様」

「なんだ、お前！」

使えるものはないかと見渡すと舞台の小道具だろう剣が置いてあった。まさか、切れることはないかと鞘から出すと、殺傷能力はなさそうだが気絶させるくらいはできそうな剣である。

「死なない程度には手加減してあげましょう」

「そんなおもちゃで何ができるってんだ！」

「切れ味の悪い剣の方が痛いと知っていますか？」

紙だって皮膚が切れるのだ。この剣は強度はあまりなさそうだが見栄えを良くするためか一応尖っている。ヒュン、と男の顔すれすれに剣を落とすと瞼の上が切れたようで血が派手に噴き出した。

「ぎゃあああああーっ」

顔を切られた男が叫ぶが、瞼の上は元々切れやすいので血が噴き出して驚いているだけだ。まあしかし、

「意外と使えそうですね」

脅すのには十分だ。とにかく奥のベルを救出するのが先決なので、押さえつけている男に向かって

剣を投げた。ちょうど頭の上の壁に剣が刺さり、男がビビっている。一気に距離を詰め寄ると後ろから別の男が棒を振り下ろしてきた。手加減するのも馬鹿らしいな、と思いながら腕を押さえて棒ごと捻ると、そのまま棒を奪って腹に一発入れる。呻き声を上げて蹲るのを見てから奥の男の鳩尾も打った。おっと、力を入れすぎたのか骨も折ってしまった。まあ、いいか。手にしていた棒を捨て、ベルを助けようと手を伸ばしたが、青年の存在を思い出してとどまった。

「ほら、君のお姫様を助けなさい」

声をかけると彼は慌ててベルを助けに行った。無事に二人が抱き合っているのを眺めていると後ろに気配がして、フェリの声が聞こえた。

「ラメル、後ろ！」

振り向きざまに後ろに蹴りを入れるとドゴッという音と共に男が吹き飛んだ。男の手に持っていた角材がカラカラと転がっていく。

「往生際の悪い。そんなに息の根を止めて欲しいですか？」

力の差は歴然なのに、どうして無駄なことがしたいのか全く理解できない。怯えた顔の三人を見下ろし、呆れながら借りた剣を鞘に戻そうと壁から抜いて手に取ると、フェリの焦った声が聞こえた。

「ラ、ラメル！　それ以上は本当に死んでしまいます！」

「ふふ、貴方の前で血なまぐさいことはしませんよ。お借りしたので戻すだけです」

舞台の大切な小道具は戻しておかないと。パチンと剣を鞘に納めて、ここは安心させないと、とフェリに微笑んだ。

あれ？　ここは胸に愛妻が飛び込んできて『怖かった〜、ラメル、ありがとう、大好き！』となる場面ではないだろうか。広げた両手は虚しく空中に浮いたまま、微妙な顔のフェリとそれ以上距離が縮むことはなかった。

――助けに来たというのに腑に落ちない。

青年――アルトと呼ばれている――がベルに上着をかけて横抱きにして運んでいく。その姿を羨ましそうにフェリが眺めていた。いや、望んでくれたら今すぐに抱き上げるのに……。

男たちをダールと一緒に騎士団に突き出し、後のことはフェリたちに任せた。

アルトがベルを運ぶ様子を眺めていた時のフェリの顔は忘れない。あんなドラマチックなシチュエーションなど、なかなかないだろう。後から聞いたらアルトはランドール役の役者だったらしい

……では、目の前で見たのはランドールとアンリエッタ姫の姿としてとらえてもおかしくない。

自分の上着をかけ、傷ついた姫を抱きかかえて運ぶ騎士……。

私もフェリとあんなシーンを経験したいと羨ましく思った。

＊＊＊

そうして時々フェリを見守りながら続けたベルの父親の扮装だが、とうとう身を結び始めた。噂に

聞くと最近顔色が悪いという人物が浮かび上がってきたのだ。

舞台監督のサージェ。

すぐに調べると十三年前にギャンブルで当てたと言って大金を手にし、監督助手だった彼は金にものを言わせて貴族の人気取りをして監督に上り詰めていた。

時期から考えても恐喝した金だと思っていいだろう。未だ金に困った生活はしていないらしい。それもそうだろう、ベルの父親を川に落としてしまうくらいの金額だったのだから。

「犯人が特定されたから、もうこの格好も必要ないな」

「そうですね」

ダールと小部屋でそんな会話をした。幽霊が出るという噂があるこの部屋は、ベルの父親の死体を隠していただけあって誰も来ないので利用させてもらっていた。内側から鍵もかけられるので安心だ。そう思っていたのに突然、かんぬきが外されたのだ。

「入りますよ？」

「え、フェリ様？　誰がいるって言うんですか？　ま、まさか、幽霊!?」

フェリの声が聞こえたので身構えるのをやめる。その後ろからはオリビアの声も聞こえた。フェリは私たちの姿を確認するとドアを閉めて外したかんぬきを戻した。

「亡霊騒ぎはラメルが起こしていたのですか？」

ゆっくりとこちらに向かってきたフェリがそう問いかける。確信している彼女に言い訳は通じないだろう。すぐに私の隣に来ると迷わず手をキュッと握られた。掴まれたのは私の手か心臓か。

「え、まさか、ラメル様とダールさんなんですか？」

オリビアのそんな声もしてダールと仮面を外した。

「すぐに私だとわかったのですか？」

「夫婦ですもの、わかります。それより説明していただけますか？」

当たり前だという顔でフェリに言われて嬉しくなりながら、私はフェリにもう一人事件に関与した人間がいることを説明した。

「犯人は舞台監督のサージェですね」

そう言い切るとフェリは思い当たる節があるのか黙って聞いて、オリビアは怒りの声を上げた。

「なんとしてもベルを遠ざけたいはずだわ。自分が恐喝犯に仕立て上げて殺したも同然の男の娘だもの。きっとベルが役を降りても王都に残ったから気が気じゃないのね」

「私の目的は監督に罪の告白をさせて、ベルの父親の亡骸（なきがら）を見つけることです。それがベルをアンリエッタ姫にする最善の方法だと思います」

危険にさらすつもりはないので、フェリのあずかり知らないところで済ませたかったのだが、バレてしまっては仕方ない。それもこれも私の愛する妻が優秀すぎるからだ。

「……父親の無実が証明できたら、きっとベルは気持ちも晴れて舞台に立てるでしょうね。でも、人の名前を騙（かた）って大金を手に入れ、それを誰にも知られずに今日までやってきた狡猾（こうかつ）な男が、罪を告白なんてするでしょうか」

　不安そうにしているフェリに考えていたことを提案した。

「そうですね……ここは劇場で、役者がそろっています。一芝居打つのは簡単ですよね」

「役者さんたちに協力を頼むのですか？　でも、協力してくれるでしょうか。監督が恐喝の犯人なら、ますます劇の評判が悪くなってしまうかもしれません」

「役者たちは私が説得しましょう」

「それと……ラメル、監督とシャロンは不倫関係にあったのです」

　敏い妻は、役者の中で使えない人物を教えてくれた。

「なるほど。だから彼女はベルのことを『犯罪者の娘』だと監督に聞いて脅迫文を書いたのですね」

「監督がシャロンを主役にするために協力していたのではなくて、シャロンが監督に協力してベルを遠ざけようとしていたということですか……」

「他に関係のある役者はフェリの目から見て、いそうですか？」

「そうですね。皆亡霊騒ぎを他人事のように噂していましたからいないと思います」

「それでは……エルランド氏に脚本を依頼してはどうでしょう？」

　仕上げは完璧なシナリオで。きっとエルランドなら素晴らしいものを作ってくれるだろう。

　そうして数日後、スポンサーにだけ見せる公演前の通し稽古で、監督の断罪を行うことが決まった。

後は役者に任せて、私はフェリと関係者席に座る予定だったのだが、ベルの父親役にアルトが名乗り出て、その間のランドール役を引き受けることになった。背格好が似ているのが私だけだったのもあるが、騎士姿になるとフェリが私を見る熱が二、三度上昇するので、騎士役も悪くないと思ったのは確かだ。もちろん、これは人助けである。

途中、舞台が暗転して上手(うま)くアルトと入れ替わり、顔がバレないように仮面をつけた。

「あれを見ろ！」

「劇場のファントムだ！」

舞台を見守るとアルトも他の役者も上手く立ち回り、すべてはシナリオ通りに進んでいた。監督が告白し始めたタイミングでベルが加わり、さらに父親の亡骸の場所を白状させることに成功した。

「ひいいっ！　ぼ、墓地の木の下だ！　ここから近い墓地だ！　言った、言ったから！　許してくれ！」

「ポットスット伯爵を恐喝してお金を受け取っていたのは貴方だったんでしょう!?」

「そ、そうだ……でも、もう、いいじゃないか！　お前の親父(おやじ)は死んだ、死んだんだから！」

とうとうすべてを告白した監督はもう終わりだ。一部始終観客が見ている前で明らかになったのだから。その時、舞台上にやり終えたという達成感があったのだと思う。ホッとした気の緩みか興奮する監督の腕がアルトの仮面に当たり、素顔をさらしてしまった。

「ア、アルト!?　……どういうことだ……？」

床に落ちた仮面と周りの役者の様子を見て監督が自分の身に起きたことを理解したようだった。

「もしかして、仕組んだのか？」

しかし、今更監督にそれがバレたとしても、もう真実は暴かれたのだ。

「……監督は自白したんです。証人は今劇場にいる全員です。罪を認めてベルに謝罪してください」

アルトが冷静に監督に告げる。監督は心底ベルを嫌悪するように睨み、叫んだ。

「お、お前が父親なんて捜さなければ、こんなことにはならなかったのに！」

「貴方が恐喝なんてしなければ、父は川に落とされなかったのよ！」

「お前の父親は金が欲しいくせに何もできない腰抜けだっただけだ。せっかく脅せるネタが有るのに、バルバラが殺されたと騎士団に報告すると言い出した。だがな相手は貴族なんだ、どうせもみ消される。強請った方がいいに決まってる！」

「父には良心があったのよ！」

「はっ、馬鹿だっただけだ。川に落ちて死んでくれたらよかったのに、助けを求めて劇場に来るなんて大迷惑だったさ」

「父をあの小部屋に放置したの？」

「匿ってやっただけ感謝して欲しいね！　俺をどれだけ苦しめたら気が済むんだ！　何日も唸り声を上げやがって！　すぐに死んでくれたらよかったのに！」

「ひどい！　なんてことを……」

「くそぅ！　俺は、もう、終わりだ……金も、監督の地位も手に入れたのに！　アーッ！」

父親を恐喝犯にして死に至らしめた男に言いたいこともあるだろうと傍観していたが、往生際の悪い男は叫び、キョロキョロと辺りを見回して何かを探していた。

――なんだ？

探していた目がフェリのいる方向に定まると監督は舞台を壊しながら真っ直(す)ぐに進んでいった。

キャーキャーと叫ぶ観客の声が聞こえた。

どうして、フェリの方へなんか！

急いで移動しても私とフェリの距離はすぐには縮まらない。監督はあっという間にフェリに近づき、庇(かば)おうとしたオリビアが前に出てきたのをなぎ倒した。

「フェリ！」

私が側に行くまでにフェリは監督に羽交い絞めにされて捕まっていた。

「近づくな！　この女がどうなってもいいのか？　知っているんだぞ、この女が公爵家の女だってな！　傷つけたくなければ逃亡する馬車と金を用意しろ！」

この男はまだ逃げるつもりで、フェリを人質にするために探していたのだ。

「ラメル！」

声を上げると腕に力を入れられたようでフェリの顔が苦しそうに歪んだ。

「黙れ、早く用意するんだ！」

ひとまず、フェリの安全を確保しないといけない。交渉しようと一歩前に進むと監督が仮面をつけたままの私を訝しげに見た。

「馬車と金は用意します。フェリを解放しなさい」

「誰だ、お前は……」

「その人は私の妻です」

「妻……？　お前、もしかしてランドールか……おっと、動くな、動くとお前の大事なアンリエッタの首が絞まるぞ」

私の正体に思い当たって監督の声のトーンが上がった。私が公爵家の人間だとわかって頭の中で算段をしているのだろう。どこまでも金に汚い奴だ。

「では、金はいくら用意すればいいですか？」

「う、動くなと言っているだろう！　か、金は金貨百枚をすべて銀貨に換えて用意しろ」

ジリジリと距離を詰めるが相当警戒されている。このままではフェリに近づくと彼女の首が絞められてしまうだけになる。

「百枚をすぐには無理です。それに銀貨で集めるなら時間がかかります。その間、妻を拘束する気ですか？」

フェリの安全を確保する最善の方法……じっとこちらを見るフェリを見て心を決める。いつも守っているようで私もフェリに守られているのだ。彼女を信じることが今このピンチから抜け出せる。

私は考えるふりをして、フェリを見ながら肘のところを手でトントンと叩いた。きっと、フェリなら私が言いたいことがわかるはずだ。

「い、いくらならすぐに用意できるんだ！」

「今すぐ用意できる金貨は五十くらいです。銀貨は換金所にどのくらいあるかわかりませんから、あるだけ交換するしかできません」

「くそ、それでいい」

「用意しますから、妻の首に巻きついた腕だけでも離してください」

「……腕だけだ」

監督が腕の力を緩めるのが見えて、私が頷くとフェリが行動に出た。教えた通りの手順でフェリが膝を曲げ、重心を下げ、後ろの相手の顔が下がったところで肘を当てた。完璧な護身術だ。

「グエボッ！」

さらに反対側からも肘を打ち、顎と顔面に二打入れたフェリ……完璧すぎる。監督の腕が緩むとフェリはすかさず体を離した。私は仮面を捨て、その瞬間を見逃さずにフェリと監督の間に分け入り、監督を思い切り蹴り上げた。

「ガハアアッ！」

「ラメル！」

「よくやりましたよ、フェリ」

「このっ！　ぐはっ」

フェリを背中に隠して向かってきた監督の腹に膝蹴りを入れ、前のめりになったところで背中を打った。ようやく体勢を崩した監督が床に膝をついて蹲った。それを見てすぐさま振り返り、フェリの無事を確認した。

「フェリ……」

彼女の白い首は赤くなっていて、こすれたような線もついていた。あの男、許しはしない。心配そうにこちらを見るフェリにその場にいるようにジェスチャーし、こちらに走ってきたオリビアに引き渡した。

「地獄を見せてあげますよ」

立ち上がった監督に向き直るとすぐに回し蹴りをお見舞いした。舞台の方に飛ばされた監督を追う。まだまだ許す気にはなれない。

「く、来るな！　わあああっ」

尻餅をつきながらじりじりと監督が移動する。私が近づいた時、監督が何かを確認するように見上げて叫んだ。

「シャロン！　やれ！　二番の綱を外せ！」

監督の声が舞台上に響いた。するとカラカラと音が聞こえてから、頭上にあった大きなシャンデリアが左右に揺れ始めた。

「ラメル！　危ない！」

フェリの声が聞こえたかと思えば、シャンデリアが勢いよく落ちてきた。

ガシャン！

衝撃を最小限に受け止めようと体を丸めてその場に伏せる。腕のすき間から見るとシャンデリアは予想に反して軌道を逸れ、監督の方へと落ちていた。

「う、嘘……嘘よ」

フェリの悲痛な声が聞こえる。すぐさま立ち上がってフェリを安心させようと思ったが、こちらに向かって走ってくる姿を見てしばし思いとどまった。――これはなかなかのドラマチックな演出になるのではないだろうか……。

「ラ、ラメル……」

声をかけられてもじっとしているとフェリが私の体を優しくさすってから自分の膝に頭を乗せてくれた。私の体をフェリが倒すのをそれとなくサポートする。心配した彼女の手が私の頬に添えられて薄目を開けると涙目の顔が見えた。少々罪悪感はあるものの、そのまま場の雰囲気に合わせた。

「フェリ……」

名を呼んで唇を『愛しています』と動かす。するとフェリがそれに答えてくれた。

「ラメル、私も、私も愛してます。ああ、どうしよう、誰か……」

誰か呼ぼうとするフェリに私を見るようにスカートをちょんちょんと引っ張った。

「……もう一度……」

ねだると大きな声を上げて愛の言葉をくれる。

「愛してます、貴方を、だから、死なないで。ラメル……」

「……もっと」

「愛してます！　ラメル！」

最終的に愛を叫ばれて……うん、これは満足できた。

「そんなに叫んでもらえるとは。私も愛してますよ」

笑いながらそう言って、フェリをマントで包む。

「心配して駆けつけてくれたのは嬉しかったのですが、ダメですよ。ガラスが落ちて危ないですからね」

「まさか、私が駆けつけるのが見えたから動かなかったのですか？」

「いつでも愛してると言ってもらいたいので」

「ひゃっ」

叱られる前にフェリを横抱きにして持ち上げる。そうそうこれこれ、これがしたかった……。

ちょっとした満足感に浸っているとフェリの首元が目に入ってその気持ちがサッと冷めた。やっぱりあの監督は許さん。そう思って改めて監督の方を見た。

……。

「あ……監督は……」

「……気にしないでいいでしょう」

大きなシャンデリアの中心付近で倒れている男が呻いていた。まあ、生きているなら大丈夫だろう。

私はそのまま、フェリを抱いて舞台を退場した。

やはり、騎士ランドールのアンリエッタ姫はフェリであるに違いない。

＊＊＊

さて、無事にベルの父親の無実は証明でき、アンリエッタ姫役はベルで上演されることになった。

しかし、直前の通し稽古で事故があったのでスポンサーを降りる貴族が続出した。資金面は十分だが、劇場としてはやはり客が集まらないと話にならない。コニーが『初めは少なくても、評判が評判を呼ぶから』と言って励ましていたと聞くが、役者たちのためにも初日くらいは人を集めてやりたいのが本音のようだった。平民を交えた一般公開が先なら問題なく人は集まったようだが、通常は貴族先行で開かれる。まだまだスポンサーがつかないと経営の維持は難しいのだ。

「貴族の方を呼ぶとなると……私にはミシェル様しか気の置けない人はいないので」

「大丈夫よ、私が協力するから！」

「私もお友達を呼びます！」

しょげるフェリを母と妹が励ましている。ミシェル妃にはもう声をかけているから、改めて私がジョシアに言うことでもないだろう。私としてはそんなに頑張らないといけないのか、と思うが役者たちとずっと頑張ってきたフェリにとっては一大事のようなので、どうしたものかと頭を捻った。

「私、初日に来てもらえるように、セゴア様とフローラ姫様にもダメ元でお手紙を書きます」

フェリは決心して筆をとっていたが、私からすると必ず来てくれるに違いない。彼女のためならと動いてくれる人は彼女が思うよりきっとたくさんいるのだ。

そうしてロネタに送った一通の手紙がこの後旋風を巻き起こす。フェリが送った手紙でロネタのゼパル夫婦が初日に来てくれることになり、それを知ったフェリを姉と慕うベテルヘウセ帝国の皇帝の娘、ビアンカ皇女が父親に舞台が観たいとねだったらしい。

「はあ……父と国王に相談しなければ」

そして巡り巡って皇帝から直々に私に書状が届いた。簡潔に言えば『公演初日にビアンカと観に行くから特等席を用意して待っていろ。任せろ、ド派手に宣伝してやるからな』という内容だった。

「やはり、こっそりどなたか雇って座ってもらった方がいいでしょうか」

心配して席の確認を何度もしているフェリはそんなことを言っている。皇帝親子訪問の件は国の警備問題もあるので当日発表にすると言われていた。仕方なく私はフェリに『初日はきっと大騒ぎになる』とだけ伝えた。

前日に大きな船が着いただけでも大騒ぎだったのに、当日皇帝はパレードのようなド派手さで移動した。裏でジョシアがいろいろと用意して盛り上げてくれたので文句は言わないが、やりすぎではないだろうか。


「さあ、フェリ、私たちも席に行きましょう」

「はい」


劇場の入り口でフェリと観客を出迎えてから私たちも観客席に向かった。

乳母からローダを受け取り、片腕に抱くとフェリに手を差し出した。当然のようにそこにくる温もりを掴んで廊下を進み席に着く。間もなく舞台の幕が開いた。


フェリとローダと……。

二人のためならばなんでもできてしまうような気さえする。

いや、それもフェリが絶大なる信頼を私に置いているからだ。

私のことを誰よりも大切にして、守ろうとさえしてくれる。

夢中で観劇するフェリと膝に乗るローダを見て自然と顔が緩むのが自分でもわかった。ああ、きっと私は今、フェリに合格点がもらえる笑顔を浮かべているに違いない。


さらに嬉しい知らせが舞い降りてくるのはそれからしばらくしてからだった。

＊＊＊　ベルの故郷でのお話　～オリビアver～　＊＊＊

「よーし、その役、私が引き受けます！　ベルの故郷に行って色々と情報を聞きこんできます。聞けばベルの田舎は私の故郷の近いところですからね」

フェリはもちろん、コニーは妊婦。私たちの妹分でもあるベルのためにここは私が一肌脱ごうじゃない。なーんて胸張って引き受けたのにはちょっと打算なんかもあって。

ダールさんと調べに行けたら素敵だろうなと期待した目でフェリを見た。目が合うと彼女は察してくれたようで、ちょっとだけすがるような目で見られてしまった。

もちろんフェリはラメル様に上手くお願いしてくれた。

夜にちょっとセクシー系の下着をフェリに着せれば、後は寝室に送り出すだけ。

お茶をすすっていればうまくいくことはわかり切っていた。

そうしてすぐにダールさんが同伴してくれることに決まった。さすがラメル様、仕事が早い。

ありがとう、親友よ。こんなに素早く対応してくれたのは対価が良かったからだ。

胸やけすらしそうなこのラブラブ夫婦に充てられて毎日過ごしていたら、自分がいつからダールさんのことが気になりだしたのか思い出せない。

初めて会ったのはフェリの侍女としてスカウトしにダールさんが私を探しに来てくれた時である。ラメル様の信頼の厚いダールさんが直々にスカウトしたのはやっぱり大切な次期公爵夫人にふさわしいか確かめるためでもあったのだろうと思う。

私は離婚して鞄一つで追い出され、途方に暮れていた。お金はないし、実家には帰れない。そんな私の元に颯爽と現れたダールさんはすぐに宿も身の回りのものも手配してくれた。おかげで気後れすることなくソテラで働くことができた。なんていうか本当に仕事ができる人だ。

今まで男にさんざん尽くして捨てられてきた私は、自分が世話を焼かれることに慣れていなかった。甘えるのは苦手だし、私を甘やかそうだなんて人、父以外は知らなかった。

ダールさんはそんな私をいとも簡単に甘えさせてくれる。

大人で、いつもフォローもスマート。惚れない方がおかしいと思う。

しかし彼は亡くなった奥さん一筋の硬派な人。どんなに再婚を勧められても息子さん二人（今は寮のある学校に行っている）を男手一つで育てた人だ。悲しいかな私は恋愛対象には見られていない。それこそステア様に追いかけまわされていた時だって『それもいいんじゃないかな』みたいな顔で私を見守っていたくらいだ。

半日で簡単な引継ぎを済ませたダールさんと次の朝には出発することになった。

さっそく荷造りをして準備する。私は鞄の奥にコニーから預かったお金をそっと隠した。

私が行くことになって、コニーはベルの借金も叔母に返して欲しいと言った。

「ベルの故郷に行くなら頼みたいことがあるの。ベルの叔母は性質（たち）の悪い人だと思う。だからベルからお金を返すのはやめさせたの。証文をきちんととって、これ以上はベルにかかわらないように釘を刺して欲しい」

「話を聞くだけでも面倒そうな人ですからね。ベルが太刀打ちできる相手じゃないのかもしれません。ダールにも話を入れてオリビアを助けてくれるようお願いしておきます」

「まかせて。私たちの可愛（かわい）い妹分のために頑張ってくるわ」

心配しているコニーとフェリの顔を見ながらそれも引き受ける。

そうして私は重要な使命を二つ持って出発することになった。

ベルの父親の情報を集めることも重要だが、なんとしてでもベルをあの悪徳叔母から解放しなければならないのだ。

「さあ、行きましょうか」

裏口で待ち合わせしていたダールさんはいつもの仕事着ではなく、濃紺のスーツを着ていた。

前髪を下ろしていて、若い……わわ。それも雰囲気が違ってかっこよく見えた。

ちょっと待って、どうしよう。素敵すぎない？

「どうしました？」

「い、いえ。い、行きましょう」

ソテラの馬車を使ってもいいと言われていたけれど、私はダールさんと相談してできるだけ目立たない形をとって移動することにした。ベルがソテラで侍女をしているなんて知られたらまたあの叔母が何をしでかすかわからないからだ。

大通りまでは家紋の入っていない馬車で出て、辻馬車を乗り継いでベルの故郷を目指した。目的を果たす使命感と……そして隣に座るダールさんが私の胸をドキドキさせた。

「荷物はこれだけですか？」

「あ、こっちの鞄は自分で持っています」

私のトランクを当然のように持ってくれるダールさんに、小さな鞄は渡すことなく抱きしめた。コニーから預かっている大金が入っているので、これに何かあったら大変だ。私の必死の形相がおもしろかったのか、ダールさんはクスリと笑った。

「護衛も兼ねていますから、ちゃんと守りますよ」

その物言いに鞄だけでなく私も守ってくれると言っていると気づいて、嬉しくてムズムズした。

「貴方と初めて会った時を思い出しますね」

「……はい」

外を眺めていたダールさんがそんなことを言って、同じことを考えていたとますます頬が熱くなる。

しかし、今はこの状況を楽しむことより、みんなの思いを背負ってベルの助けになることが重要だ。

私はベルの叔母との話し合いがうまくいくように予習しようと、鞄の中から書類を出して確認した。

なんとかコニーに渡してもらっているお金で解決しないといけない。

「交渉で大事なことを知っていますか？」

私が文面に目を走らせているとダールさんが声をかけてきた。

「ええと……。正直あまりわかりません」

「私が先代の筆頭執事に教わったことを教えましょう。一つ、冷静であること。一つ、相手を追い詰めすぎないこと。一つ、準備は完璧にしておくこと。そして、これが一番重要ですが……勝とうとしないことです」

「……勝とうとしない？」

「貴方はベルの叔母にどうして欲しいのですか？」

「お金を受け取って、今後ベルに近づかないで欲しいです」

「それが落としどころですね。どんなに相手が理不尽でひどい人物でも、オリビアは冷静にわかりやすく説明をして契約書にサインをさせることが重要です。それを、忘れないように」

「はい」

「貴方は優秀だから、大丈夫ですよ」

ダールさんは私を見て微笑(ほほえ)みを深くした。私は後にこの会話のおかげで助かることになる。

馬車を乗り継いで、はるばるベルの故郷に着くと、日が暮れていた。

ダールさんは簡単に聞き取りをして宿を探し、二人分の部屋を取ってくれた。二人でいるときは常に彼が世話を焼いてくれるのでちょっと不思議な気分。

「移動で疲れたでしょう。私は少し酒場で聞き取りをしますから」

夕食を取った後、ダールさんは私に部屋で休むように言うと一人で酒場に向かう。情報集めに来たのは私なのだから、連れて行ってもらえなくては困る。

「一人より二人の方がいいはずです」

私が口を尖らせると、ダールさんはきょとんとした後に笑って、私を連れて行ってくれた。

「やあ、夫婦でご旅行かい？」

なんて酒場の主人に声をかけられたので、私はすかさずダールさんの腕に飛びついた。

「そうなんです。昔の友達に会いにきました。商店の娘でリルっていうのだけど」

「え……リルちゃんの知り合いかい。残念だんだども、リルちゃんは亡ぐなったよ。妹は商店を続けでらげどね。娘のベルちゃんは王都さ父親どごさがしに出でいるよ」

リル、というのはベルの母親の名前である。知らず、訪ねてきたという設定で聞き込みをするのが自然だろうとダールさんと打ち合わせをしてある。商店をやっているだけあって、そこそこの知名度があるようで皆親切にリルやその夫の話を聞かせてくれた。

私が夫婦の設定をしてしまったので、変に思われないようにダールさんも合わせてくれた。

「リルが亡くなっていたなんて……」

ショックを受けたふりをして下を向くとダールさんがいたわるように背中をさすってくれた。なんて優しく触れるんだろう……ああ、もう。

なにこれ。本当の夫婦みたいじゃない。不謹慎なのに嬉しい。

「ロナルドはどうしましたか？　先ほどベルが探しに出たと言っていましたけれど」

「ああ、リルちゃんの旦那も知り合いかい。それが、ベルちゃんが小さぇときに王都に出稼ぎに出てそれきりよ。どこでどうしてるんだか」

「そんな、あんなに仲のいい夫婦だったのに……。ロナルドと親しくしていた人はいますか？　詳しくお話が聞きたいです」

それから親切な酒場の主人は私に同情してくれて、いろいろと話が聞ける人を紹介してくれた。次の日は一日使ってあちこちで話を聞いたが、ベルの叔母の評判はどこへ行ってもいいものではなかった。聞けば聞くほどベルが気の毒になる。

「さあ、やってやる」

聞き込みもしたし準備は整った。朝食を終えて、もう一度書類を確認してから私は鞄をぎゅっと抱えた。その姿を見てダールさんが静かに頷いてくれた。

私は気合を入れて下調べしていたベルの叔母の商店へと向かった。

「……商売してたら時間にぐるなんて迷惑だ」

私がベルの代理で来たと言うとあからさまに嫌な顔をするベルの叔母。埃をはらう箒で追い払うようにパタパタとされて、その対応にイラっとする。

「実はベルさんからの依頼で借金の返済に伺ったのです」

私がぎりぎりと奥歯を噛んでいると後ろからダールさんが説明してくれた。するとお金の匂いがしたからか、叔母の態度が一転した。

「お金を？　そいだば今、店を閉めます」

そそくさと店のドアに『休憩中』の札をかける叔母。店内にお客さんはいなかった。

椅子は勧められなかったのでカウンターのところで話をした。書類をわかりやすく説明して、お金と交換でサインをしてもらう。それだけのことなのに、この叔母は一筋縄ではいかなかった。

「ベルにはこの金額で言ったんだども、ずっと養ってやっだ利子もねど、返却だって待っててけでいるんだんて」

「は……」

確認したのに、実際に目の前にお金を出すと金額を上乗せしようとするこのがめつさ。

「……それなら利子として少し上乗せします。これ以上は出せませんよ」

「本当にそれでいいとベルが言ったのかい？　もっと感謝してでもおがしくねがね」

私の頭の中ではここに来るまでに聞き入れた情報がぐるぐると回っていた。

それはとても耳が痛い話。

この女は小さい頃からベルをこき使い、病床の姉のリルの作ったものを売っていた。リルの作る雑貨はなかなかの評判でよく売れたそうだ。もちろんその売り上げはこの女の懐だ。

リルが結婚して家を出ている間に両親が亡くなったのをいいことに、当然のように店も自分のものにして両親の遺産も独り占め。それを食いつぶして生きてきたのだ。

そしてお金が無くなった今、次はベルにお金をたかって生きている。そもそも借金など言いがかりだ。生活費はリルが稼いでいたようなものなのだから。

そんなことが思い浮かぶと悔しい。だって、ベルがどんなに頑張って叔母に返すお金を工面していたのか、この女は知っているのだろうか。食堂の上の小さな物置部屋で慎ましく、主役をもらうような役者になってもひっそりと暮らしている。年頃の女の子がおしゃれもできず、恋もできない。

――いい加減にして……ベルはあんたの金づるなんかじゃないのよ。

頭に血が上り、私は叫びそうになった。そんな私に気づいたのが『ゴホン』と後ろからダールさんの咳払い（せきばらい）が聞こえた。

あ……。冷静でいること。そして、勝たないことだ。

叔母に反省させて、やりこめたくてここに来たんじゃない。ベルを解放してあげるためにここに来たんだ。そう気づいて私は深く息を吐いた。ベルの叔母は私の様子を見ていけると思ったのか、いい気になって続けた。

「ふん、やっぱり恩知らずには直接お金をかえしてもらうべが。関係のね人間はがえってもらうべ」

口では帰れと言う割に、チラチラとこちらを伺っている。金額を少しでも吊り上げようと必死なのだ。ダールさんの話を聞いていなかったら、怒って帰るところだった。

「わざわざお金を払いに来た私たちを追い返すのですか？　そうすると貴方がベルのところへお金を受け取りに行くのですか？　王都までの旅費はどうするのです。飲み屋さんのつけも溜めていると聞いていますよ」

私が冷静に返すとベルの叔母は押し黙った。どう攻めようか考えていると後ろからダールさんが助け船を出してくれた。

「代わりの者が来たことで不快にさせた分は上乗せさせていただきますが……ご不満ならおっしゃる通りに、いったんお金は持ち帰りましょう」

ダールさんが叔母の目の前で金貨を一枚足した。それを見た彼女の喉が鳴った。

「オリビア、どうやら契約書にサインはいただけないようです。王都に帰りましょう」

「仕方ないですね」

続けて芝居がかった声で言うダールさんに乗っかって私が鞄にお金をしまおうとすると、叔母がその手を制してきた。

「あ……」

「どうしました？」

「せっかく来てくれたんだ。それで手をうつよ。サインはどこに書けばいいんだい？」

どうやら自分が損をするかもしれないと気づいた叔母は慌ててサインを書くとペンをとった。

「では、ここに。約束通り、今後はベルとは一切かかわらないでください」

「わがったよ」

そうして叔母はホクホクとベルからのお金を受け取り、契約書にサインをした。

なんとか予定通りにコニーが用意したお金で解決できたけれど、金貨が一枚上乗せになってしまった。もう少し感情に流されずに上手くやれば、そんな必要はなかったように思う。それこそ、ダールさんが交渉したらこんなことにはならなかっただろう。あのタイミングでの金貨一枚の上乗せは効果的だった。やっぱりすごい人なんだなって感心させられる。

「すみません。もっとやりようがあったのに、金貨を上乗せすることになってしまいました」

「いえ。さすがにあの態度は私も腹が立ちました。よく抑えて頑張りました」

「上乗せしたお金は王都に戻ったら私が払います」

「……なんのことです？」

「え？　だから、最後にダールさんが上乗せした金貨です。予定外の出費ですから」

私がそう言うとダールさんはプッと吹き出した。

「あの金貨は横に崩れたものを上に乗せ直しただけですよ。私が増やしたのは銅貨一枚です。子供の駄賃程度ですが、オリビアが気になるのなら王都に戻ったら返してください」

ダールさんの言葉にポカンとしてしまう。彼はいたずらが成功した子供のように笑っていた。

「では今頃ベルの叔母はたいして増えていない金額に気づいているでしょうか」

「あの人なら数えないでお金を持って、そのままお酒でも飲みにいきますよ。何にせよ、私たちは証文を取っていますから任務完了です。さ、次の仕事に取り掛かりましょう」

ちょっとした仕返しに笑ってしまい、こんなおちゃめなこともするんだと意外な彼の一面に、また好きになってしまった。

無事に一仕事終えて、後はまたロナルドの話を聞いて回った。当時一緒に働いていたという男の人が見つかって、ロナルドは王都の時計職人の息子だったことがわかった。店の名前も判明したので王都に戻って裏を取ることにした。この情報は大収穫だった。

「いろいろわかってよかったです。王都にお店がちゃんとあればいいけれど」

まっすぐ王都に帰るものだと思って頼んだ馬車を待っているとダールさんがまさかの発言をした。

「……貴方がよければ少し寄り道をしてもいいのですが」

ど、どういう意味？

真面目な紳士が私を誘うなんてこと、あ、あ、ある!?

「ど、どこに……」

「貴方の故郷が近いでしょう？　ご実家に顔を出しますか？」

「あ……」

ダールさんが私を優しく見つめていた。うっかり期待した自分が恥ずかしい。

彼は私の事情を知っている。離婚時に行く当てがなかったことがそれを色濃く示唆している。

私の両親は落ちぶれ貴族で平民と大差ない暮らしをしていた。母は兄を可愛がっていて、兄さえいればそれでいい人だった。そんな私を気にかけてくれていた父も私が結婚した後に病気で亡くなった。

学校に受かった私にお金を送ってくれたのも、結婚して祝いを送ってくれたのも父。私の幸せを望んでくれた唯一の肉親だった。母と兄は私の顔など見たくもないだろう。

父の葬儀に顔を出した時『遺産は渡さない』と母に追い返され、もう二度と故郷の土は踏まないと決めていたけれど……一度は墓参りをしておきたいと思ったのは確かだった。

「実家は私を嫌っているので行きませんが、父の墓には寄っていいでしょうか」

「はい。お父様もご安心なさるでしょう」

ダールさんはそれだけ言って、辻馬車に行く先を告げてくれた。

久しぶりに見る故郷は思い出よりも色あせて見えた。実家には極力近づかないようにして、まっすぐ墓地に向かい、私は父の墓を探した。母は墓石をケチったようで、簡単な石のプレートにその名前が刻まれていた。

　ダールさんは席を外してくれて、私は父と向き合った。

「元気にしてるわ。親友にも職場にも恵まれて……好きな人もいるの。安心して」

　ここに来るまでに用意した花を添える。あまり手入れされていない墓の周りを綺麗にして立ち上がるとちょうどダールさんが戻ってきていた。

「私もご挨拶させてください」

　私の父の墓に祈りを捧げてくれるダールさんの背中を不思議な気持ちで見つめた。フェリの侍女として雇われるときにダールさんは私の保証人になってくれた。

　──ソテラ家にいらしてくださるなら、私が貴方の身元を引き受けましょう。父親のように思ってくださって構いません。

　父親代わりにしてはかっこよくて魅力的過ぎる。これはときめくなって言うほうが無理よ。……無理に決まってる！

「行きましょうか」

「はい」

　しばらく黙って並んで歩いた。もうここに来ることはないだろう。少し湿気た土をぎゅむッと踏みしめながら、この沈黙の心地良さを知った。

　町からまた馬車に乗り込んで、さっさと故郷を離れた。いい思い出なんてないからせいせいするけど、父とちゃんと区切りがついて良かった気がする。

「お腹は空いていませんか？　次の休憩場所で構いませんか？」

言葉の節々に労りと優しさを感じる。大事にしてくれるなぁ、って思うと嬉しい。

「私、故郷に戻ってわかったことがあります」

「わかったことですか？」

「はい。私の母は兄しか関心のない人で、それは今も変わりません。でも、父は甘やかしてくれていたんですよね」

「そうですか」

「ですから、私ってファザコンだったんです」

「え？」

「父が大好きで、本当は甘えるのが嬉しかったことを思い出したんです」

「なるほど……」

ダールさんが私を娘のように気にかけてくれているのは知っている。今の関係を壊して土足で彼の心に踏み入れようなんて思っていない。けれど前もってこう言っておけば、少々特別に思ってもらえるに違いない。

ちょっと姑息な手かもしれないけれど、それを利用したって罰は当たらないよね。

そんなふうに悪いことを考えていると向かい側に座っていたダールさんの手がこちらに伸びてきた。

「え」

そうして頭をよしよしと撫でられた。

「では、時々甘えてみますか？」

「はうっ」

その微笑みが魅力的過ぎて……。

ず、ずる過ぎるでしょーっ！　わ、私のこと、いくつだと!?

自分で仕掛けておいて、ものすごく動揺してしまう。

そして、ふとダールさんの左手にいつもある指輪が無いことに気づいた。あんなにいつも大切につけていたのに、外してきてくれたのか……。

その間も馬車は当然カタコト走っていた。

私は赤面しながらダールさんに頭を撫でられていて……。

ちょっとだけ特別になった関係に期待するのだった。

あとがき

『姫様、無理です！3　～愛しの旦那様とのなれそめで恋の嵐を巻き起こすだなんて～』を手に取っていただけて嬉しいです。

『姫様、無理です！』のフェリとラメルの物語のテーマは『愛』です。一巻で愛が芽生え、二巻で愛を育み、三巻で信頼する愛に変化します。彼らは突然のハプニングで結ばれたために、愛する過程が抜け落ちたまま結婚することになりました。お互いの好意も薬のせいなのかわかりません。けれど真面目な二人はお互いを尊重し、理解し、二人で協力して愛を育てていきます。二巻でやっとラメルの妻として自信がついてきたフェリは、三巻で娘のローダのためにトラウマと立ち向かい、ラメルを信頼して行動できるようになります。そうして待望の二人目の赤ちゃんもやってきます。三巻は少しだけ謎解きを意識して書かせていただきました。フェリの顧問探偵（ラメル）の報酬は厳しいものですので、推理と駆け引きなんかも楽しんでもらえたらと思います。

小神よみ子先生にコミックにしていただいて、さらに楽しい『姫様、無理です！』

ですが、なんと二巻『姫様、無理です！2　～畏れながら、ご所望の偽護衛騎士は妻を溺愛しております～』も続けてコミックにしていただけることになりました。二巻は二人のコスプレ満載ですので、画にしてもらえたらとっても楽しいものになると今から私もワクワクしております。特にラメルの騎士姿やフェリの聖女姿、むっつりラメルが用意したフェリの夜の衣装は必見です。ゼロサムオンラインにて連載されますので是非そちらもご覧ください。

最後に、三巻を書籍化してくださいました一迅社様、お話を考えるのに色々と助言をしてくださった編集者様、誤字脱字だらけに負けずに頑張ってくださった校正様、素敵にデザインしてくださったデザイナー様、いつも悶える神イラストを描いてくださった三浦ひらく先生など、関係者皆様に心より感謝いたします。

ずっと書きたかった第二子誕生のお話も書籍で出すことができて、とても感謝しています。これも読者様の温かい声援があったからこそです。これからもチャレンジしながら執筆していこうと思っていますので応援していただけたら幸いです。読者様、大好きです。

竹輪

姫様、無理です!3 ～愛しの旦那様とのなれそめで恋の嵐を巻き起こすだなんて～

竹輪

2023年8月5日　初版発行

著者　竹輪

発行者　野内雅宏

発行所　株式会社一迅社
〒160-0022 東京都新宿区新宿3-1-13　京王新宿追分ビル5F
電話　03-5312-7432(編集)
電話　03-5312-6150(販売)
発売元：株式会社講談社(講談社・一迅社)

印刷・製本　大日本印刷株式会社

DTP　株式会社三協美術

装丁　AFTERGLOW

ISBN978-4-7580-9568-6

MELISSA
メリッサ文庫